堕神

〈蛇神編〉

蔵岩 民地
Kuraiwa Minchi

文芸社

一

そろそろ秋も終わりに近づき、冬が目の前までやって来ている時期だった。

強大な台風が最接近し、通りは暴風雨が荒れ狂っていた。

そんな中、二人の男性が、とある二階建ての大きな一軒家の前の電柱の陰から、ずぶ濡れになりながらその家をうかがっていた。時間は夜の七時頃、仕事から帰宅する人たちが行き交うはずの時間だが、この暴雨風のせいか人通りはなく、巡回する消防車やパトカーがたまに行き過ぎるだけだった。

一人は三十歳くらいの研修医、小諸《こもろ》と、もう一人は四十代半ばの修験道の行者、砕《さい》角《かく》である。小諸は痩せ型で中背、ぴちっと固めた七三分けの髪型に丸眼鏡、砕角は小柄で、短く刈り込んだ頭には白髪がちらほら交じっていた。顔はよく日に焼けた褐色の肌だ。小諸は軽装だが、砕角は山伏の格好をしている。一応、編笠を被ってはいたが、横殴りの雨でまったく役には立っていなかった。台風が持ち込んだ熱帯の空気のせいで、さほど気温は低くない。だが、濡れた衣服が容赦なく二人の体温を奪っていた。

「母親と娘、それと一人、邪魔者がいるな。先にこいつを追い払いたいな」

小諸が猛烈な雨風に手で庇を作りながら言った。

「そうですね。ですが小者みたいです。私が偵察に行って、なんとか追い払ってまいりましょう」

そう言うと砕角は一人電柱の陰から飛び出し、目指す一軒家に向かった。

砕角は敬語、二人は年齢とは逆の立場の関係らしい。

砕角は暴風雨に逆らって進むのに苦労しながら、門柱に辿り着くと、インターホンのボタンを押した。しばらくの沈黙の間、雨風は容赦なく砕角の体を打ち続けた。

『誰だか知らんが、今は修羅場だ。出直していただこう』

インターホン越しに、年配らしき男の声がした。

その時、一筋の稲妻がその家の屋根を直撃した。ものすごい地響きのような雷鳴が、閑静な住宅街に響き渡る。肝の据わった砕角も一瞬ひるんだ。一軒家は停電し、家の中が真っ暗になった。当然インターホンも通じなくなり、玄関のドアが開くと、声の主が姿を見せた。

男は、高位の神職にしか許されていない真っ白な着物に真っ白な袴を着ている。六十代くらいの男で、衣装とは対照的に肌は黒く、深く刻まれた顔中の皺が年齢を物語っていた。

男は鬼のような形相で砕角を睨み付けると、苛立ちを抑えられない様子で強く言った。

「おまえが来たせいでこうなった。悪いことは言わん、命が惜しければ帰れ」

砕角は負けぬくらいの怖い顔で男性を威嚇する。

「一介の霊能者ごときが彼女を救えるものか。我らに任せて去るがいい」

すると今度は巨大な竜巻がロート状に天から下りてきて、狙い澄ましたかのようにその家だけを襲った。男も外へ出て一緒に竜巻を目撃した。屋根瓦が次々と巻き上げられ、家全体が大きく揺れている。

「もう時間がない。おまえごときに構っている暇はない。さっさと去るがいい」

砕角は男を睨み付けたまま、腕だけで外を指さして言った。

「ははん、わかったぞ、この惨状を引き起こしている元凶はおまえだな。その証拠に、おまえが来た途端に天候が酷くなった。彼女は渡さんぞ」

「ならば見せよう。我《われ》の正体を」

砕角はそう言うと、体からバリバリと放電し始めた。そして家の真上に向かって右手をかざし、その右手から天に向けて放電すると、嘘のように竜巻が消えて無くなった。

「娘は今、非常に危ない状態にある。我らでないと彼女は救えぬ」

「わ、わかった。家の中へ入るがいい」

男は竜巻を消して見せた砕角におののき、砕角を家に招き入れた。隠れて見ていた小諸も姿を現し、一緒に家の中へ入った。びしょ濡れの二人から大量の水が床へ滴り落ちる。砕角は玄関先で編笠を脱いでたたきへ放り投げた。

中にいた母親らしき年配の女性が電池式の小型ランタンを持ち、バスタオルを二枚持ってきて二人に渡した。二人はごしごしと頭髪と顔をぬぐい、そのままそれぞれ自分の肩へ掛けた。小諸は胸ポケットから櫛を出し、髪を七三分けに整え、バスタオルの端で眼鏡を拭いた。

　廊下やそこから続く部屋にもランタンが数多く置かれており、停電に備えるには十分すぎて不思議な光景だった。過去にも停電が数多く起こっていることが見受けられた。

「おまえ、自分が利用されていることに気づかないのか。生半可な霊能力など持てば魔物の格好の餌食になる。おまえの力が敵に利用されているのだ。今すぐここを離れて、できるだけ遠くへ逃げろ。我々はおまえまで守る気はない」

　男は小諸の迫力に圧倒され、引きつった顔で一目散に逃げ出した。男が霊能者だったからこそ、小諸の底知れぬ力を知って恐れたのだ。

「あなたにも問題がある。家の奥にある邪宗の神棚へ案内しなさい」

　小諸はわざと威嚇するような口調で母親に言った。

　小諸と砕角は、明らかに怯えている母親のあとに続き、リビングの東側に掲げられた神棚へと到着した。母親がランタンで神棚を照らす。

　一見、普通の神棚に見えるが、そこに祀られたお札《ふだ》に問題があった。その木製のお札の上部には、鮮明な緑色のとぐろを巻いた蛇が描かれていた。鎌首をもたげ、大口を開けて、鋭い牙が今にもこちらへ襲いかからんばかりの絵だ。そしてその下には、曲線ばかりの、文字とも記号ともつかない不思議な図柄が書かれていた。

「蛇神教か。白とか金とかなら金運上昇とか謳《うた》っていそうだが、こんな鮮やかな緑とは」

小諸が手を伸ばして蛇の絵を指で撫でながら言った。

「十二支の巳なら緑で描かれることはありますが、こんなにリアルで怖い蛇が描かれることは、まずあり得ませんね」

砕角は右手をお札にかざし、何かを読み取ろうとしている。

「それにこの文字もどきの文様、明らかに日本とは違う文化圏のものだ」

小諸は迷わずお札を手に取った。

「やめてください。教祖様から頂いた大事なお札なんです。それがないと、あの子を守れません」

母親は慌てて小諸からお札を奪い取ろうとした。

「教祖様とは、さっき尻尾を巻いて逃げ去ったあの男のことか。本当に守られているつもりか？　逆だ。これが彼女を苦しめている」

小諸は母親の手をふりほどき、自分の膝を使って迷わずお札を真っ二つに割った。

その瞬間、二階から若い女性の金切り声の悲鳴が聞こえた。近所中に響き渡る大きな叫び声だった。

「娘は二階か。連れて行け」

小諸はわざと怖い顔を続けながら威圧的に言った。

母親はパニックになっており、体が小刻みに震え、見る見るうちに唇が真っ青になった。二人で母親を抱え、近くのソファーに寝かせた。

「一時的なものだ。呼吸障害でチアノーゼを起こしている。しばらく安静にしていれば治る」

小諸はそっと母親の額に手を当てると、「さあて、本丸に乗り込むとしよう」と、床に落ちたランタンを手に取ってその場をあとにする。

小諸が先を行き、砕角が続く。階段は真っ暗で、小諸が手に持ったランタンだけが、頼りない光で小諸たちを導いた。二人は足元を確かめるように慎重に階段を上がると、かろうじて見える突き当たりの部屋へ直行した。

小諸がドアを開けると、中は全面濃い霧のような真っ白な靄《もや》に覆われていた。

その部屋だけがなぜか冷蔵庫の中のような冷気で満たされており、二人の吐く息が白くなる。濡れた服がさらに二人の体温を奪う。

小諸がランタンをかざしてかろうじて見えた先には、黄色いパジャマ姿でベッドの上をのたうち回っている高校生くらいの娘がいた。二人が近づいて見ると、先ほどのお札に描かれていた蛇とそっくりな緑色の蛇が頭に巻き付いていた。娘は白目を剥き、口から泡を吹いている。

『何をしに来た。誰が来ようがこの女の体は渡さん』

のたうち回りながら娘が言った。それは野太い男性の声であった。

砕角の体からは、またもバリバリと放電が始まっていた。その火花が部屋の中を明るく照らす。

「砕角はこの靄の正体、邪気を清めてくれ。私はこの娘から蛇を抜く」

小諸は戦闘態勢に入り、両袖をまくり上げた。

砕角は部屋の隅々に手をかざし、稲妻を走らせた。すると嘘のように靄が消えていき、室温も徐々に平常に戻っていくのを感じた。

小諸はベッドの枕元にランタンを置き、娘の頭に巻き付いている蛇の頭を握った。そのまま引き剥がそうと力を込めて引いたが、蛇は娘の頭からなかなか離れようとしない。娘は男性の声でわめき苦しんだ。

娘はさらに暴れてベッドから転がり落ちた。小諸はそれでも掴んだ蛇の頭を放すことなくぎゅっと握りしめた。

「砕角、手伝ってくれ。これは魔物の蛇なんかではない。どこかの神の神使いだ。容易には封じ込められない」

小諸が砕角に助けを求めることなど滅多になく、緊急事態だと砕角は悟った。

砕角はしゃがみ込み、放電したままの手で床に横たわる娘の額を掴む。

「この蛇は娘の内面まで深く入り込んでいます。娘の肉体を丸ごと乗っ取るつもりらしいです。私が誘い出しますので先生が封じてください」

砕角は一層強く力を込めて娘の額を掴んで言った。

蛇は苦しそうに体をくねらせながら、ようやく娘の頭から離れ、小諸の手の中へ吸い込まれた。

すると徐々に娘の動きは鈍っていき、終いにはぴたりと動きを止めた。

砕角は手を放し、娘を抱えてベッドへ戻す。蛇を掴んでいた小諸のその手の中には、真っ黒い直径十センチほどの玉が握られており、小諸はそれをズボンのポケットへねじ込んだ。砕角の放電も止まり、部屋の中はランタン一つの心許ない明るさに戻った。

「蛇は封じた。だが、どこのどの神の神使いなのか見当もつかん。どちらにせよ、この娘に害をなすモノには違いない。日本には昔から蛇神信仰はあるが、蛇はキリスト教では悪魔の象徴だ。この娘は解放されたが、問題はこれで解決とはいかない。あの母親と話をしよう。もう回復している頃だ」

小諸は娘に布団を掛け、ランタンを手に持った。娘は見違えるほど穏やかな寝顔に変わっている。まだ大人になりきれていないあどけない寝顔だった。

二人はその部屋を出て、階段を下りて一階のリビングへ戻った。小諸たちが通った床には、筋状の水溜りが続いていた。

母親は顔色も戻り、体調が回復した様子でソファーに呆然と座っていた。

ランタンをガラステーブルの上に載せると、小諸たちは母親の正面に腰掛けた。

「よく聞いてほしい。私たちは宗教団体に属しているわけではない。だが私たちのこの体には神様の分魂が宿っている。怪しい神などではない。私、小諸に宿っているのは箱根神社の御祭神、瓊瓊杵尊《ににぎのみこと》様だ。隣にいる砕角には熊野本宮大社《くまのほんぐうたいしゃ》の御祭神、素戔嗚尊《すさのおのみこと》様が憑《か》かっている。だから安心してほしい。私たちはあなた方の敵ではない」

小諸は先ほどとは打って変わって優しい穏やかな話し方をした。

「ど、どうして……どうして娘のことがわかったの？　それに、どうしてこの家の場所が……」

母親はまだ声が震えていて話しづらそうだった。

「娘さんの父親、つまりあなたのご主人からのＳＯＳがあったからだ。彼が私たちを導いたのだ」

「まさか！　主人は十日前に病院で亡くなったのよ。この世にいない人がＳＯＳだなんて……」

母親は神棚の対面にある仏壇を指差して言った。遺骨の前に置かれた遺影は若く、まだまだ働き盛りの印象だった。

「あなたはとっくに気づいているはず。娘さんの力に」

母親は落胆したように肩を落として顔を横に向けた。

「ええ、そうよ。娘は死んだ人と会話ができるの。主人が亡くなってからも、しばらく普通に主人と会話していた。それがあの教祖……いえ、あの男がうちに来るようになってから止んでたから安心してたのに、こんなことになるなんて」

「ご主人のほうは娘さんと会話することを望んではいなかった。ご主人は娘さんに憑依してみて、初めて気が付いたんだ。娘さんが途方もなく強大な力を秘めていることに」

「強大な力って？　どういうこと？　ただの霊能者じゃないの？」

母親は思わず身を乗り出し、真っすぐに小諸を見て言った。

「それはなかなか言葉では表現しづらい。まだ彼女の本当の力が表に現れていないからだ。だが何かのきっかけでそれは爆発する。残念ながら、今のままではその強大な力は負の方向へ向いてしまう。彼女の近辺で次々と人が死ぬことになる。その力が爆発しないように、私は一時的に彼女の真の力を封じた。だがあくまで一時的だ。問題は、彼女がまだ成長過程にあることだ。成長すれば力も成長する。私たちでも彼女の力を完全に封印することはできない」

「これからもっと恐ろしい現象が起きるというのね。ならどうすればいいの？　娘を殺せとでも言いたいの？」

母親は語気を荒らげた。

「封印はできない。だが自力でコントロールできるようにはなるはずだ。それには御神霊に助けを乞うしかない。御神霊に憑かっていただくしかない。そして私たちの監視下に置く」

「娘をどこかへ連れて行くつもりなのね。それは私が許さないわ。私はあなた方を完全に信用しているわけじゃないもの」

母親は小諸から視線を外し、ふてくされたような言い方をした。

「監視下に置くといっても監禁するわけじゃない。私たちに肉体的な距離は問題ではない。離れていても監視はできる。だがこの家ではだめだ。これは私からの提案なんだが、彼女を伊勢神宮の巫女修行に出すというのはどうだ。もちろん、心配ならあなたが一緒でも問題はない。天下の伊勢神宮だ。怪しい団体じゃない」

母親は自分の膝に載せた手を見つめながら、しばらく沈黙していた。母親はその沈黙で、これまで強く窓に打ち付けていた雨風が止んでいることに気づいた。

「少し考えさせて。娘は高校三年生、せめて卒業させてやりたいの」

「……決断は早いほうがいい。今は大きな力は封印してあるが、簡単な霊視や霊媒は今のままでもできてしまう。周囲から化け物扱いされる恐れがある」

「そんなのは慣れっこよ。娘は子供の頃からずっと化け物なの。そのために何度も引っ越しを余儀なくされたわ。いくつもの宗教団体が娘を奪い合うこともあった。その中で唯一信用できたのが、さっき逃げ帰ったあの教祖……白装束の男。でも、あなた方のおかげで目が覚めたわ」

母親は伏せがちだった視線を小諸へ向けた。

「あの男には多少なりとも本物の霊能力がある。だがあの男は単なる表看板にすぎない。バックにもっと大物がいる。それはこれから私たちが徐々に明らかにしていく。あの男の腹の中は真っ黒だ。彼女を利用することしか頭にない」

「今考えればその通りね。勝手にテレビに出演させたり、雑誌に掲載させたりした。本物の霊能者なんてほんの一握りだものね。そりゃ世間が黙ってはいないでしょう」

母親はガラステーブルの下の棚から雑誌を一冊取り出し、小諸の前に乱暴に置いた。小諸はその雑誌をチラッと一目見ただけで興味を示さなかった。

「だからこそ、そういう世俗から隔離する必要があるんだ。話題に上れば上るほど、魔物にまで目を付けられてしまう。魔物は霊能者の力を吸って強大化する。実は一般市民よりも霊能者のほうが百倍危険なんだ。ましてや彼女の力は半端ではない。マスコミになど姿を見せれば格好の餌食だ」

小諸はテーブルに置かれた雑誌の上にバンッと勢いよく手を叩き付けた。小諸の目が怖く、母親は一瞬ビクッとなる。

「わかったわ。ただ、高校を卒業するまであなたたちで娘を守って。なんならうちに寝泊まりしていただいても構わない。ただそちらの方、あなたのその格好では目立ちすぎるわ。主人の遺品で構わなければ服をお貸しするけど」

母親は砕角を見て言った。

「できるだけのことはする。約束しよう。ただ言った通り、私たちに肉体的な距離は関係ないんだ。どこからでも彼女は守れる。ずっと彼女に張り付いている必要はないんだ。全神経を彼女に集中していれば守れる」

小諸は真っすぐな視線で母親を見つめた。優しいまなざしに戻っていた。

「ただ、この家の空間を清めるために、正式なお札を祀らせてください」

砕角はそう言うと、懐からビニールにくるまれた木札を出した。そのお札は『熊野本宮大社守護』と墨で大きく書かれ、金銀の水引きが結ばれていた。

砕角は立ち上がり、ビニールを剥がして、お札を先ほどの神棚の中央に立てかける。

「この瞬間から、たぶんほとんどの魔物はこの家に入れなくなります。よほど強力な魔物でない限り」

「砕角、怖がらせるようなことは言ってはだめだ。私たちが守っている限り、強力な魔物も近づけさせないから安心してくれ。……しかしあの蛇の正体は何だったんだ？心当たりは？」

小諸は眉間に皺を寄せ、怪訝な顔で言った。

「あの白装束の男の腕に、お札と同じ柄のタトゥーが入ってるのを見たわ。とても怖かったからよく覚えてる」

「やはり何かの象徴らしいな」

小諸は腕を組み、目を閉じて何かを思案している様子だった。

「念のため、肌守りを彼女に常に身に付けさせておいてください。ポケットやカバンなどでは離れてしまう恐れがあるので、こういう形の物を用意しました」

砕角はまたも懐から、今度は小さな陶器の鈴に、銀の鎖が付いたネックレスを取り出してテーブルに置いた。

「これなら抹香臭くもなく、誰にも怪しまれずに身に付けていられるはずです」

「わかったわ。あなた方を信じてみるわ。よろしくお願いします」

母親は表情を和らげ、軽く頭を下げた。

「必要とあらばまた来ます。私たちが来ないことが安全の証しです」

砕角はそう言って先に立ち上がった。そして、

「ありがとうございました。おかげさまで服がだいぶ乾きました」

と礼を言い、自分の肩からバスタオルを外し、小諸の肩からも外して、まとめて母親に手渡した。バスタオルは絞れるほどぐっしょり濡れていた。

小諸も立ち上がり、廊下に向かって歩き出す。

「こんな台風の夜に、どちらからいらしたの？」

「山梨。長距離バスで東京駅まで来たんだ。いやぁ、バスを降りてからここまでの徒歩はきつかった。砕角は行者だから歩くことに何の抵抗もないんだが、付き合わされる私が大変だ。タクシーを使おうとごねてみたが、砕角が頑として歩こうと譲らなかった。実を言えば長距離バスでさえ砕角は嫌がった。説得するのが大変だった」

小諸は本当に困り果てたようなしかめっ面をした。

「こんな暴風雨の中、よく歩いてこられたものだわ。新宿行きはなかったの？　それなら近かったのに。それに、ましてや中央本線なら特急で山梨から新宿まで簡単に来

られるじゃない」

「この台風で運休になっていた。それに、私に選択権はないんだ。砕角が歩きたがって、説得するのに精一杯だった」

「あらまぁ、行者さんってすごいのね。山梨からなんて、歩いたら何日かかるのかしら」

「砕角ならどんな環境でも何日かかっても歩き続けられる。常人と同じ尺度で行者は語れない」

母親はそれを聞き、リビングの奥にあるタンスの引き出しから財布を取り出した。

「行者さん、お願いだからタクシーと電車を使って。台風ならもう通り過ぎてるから、きっと運行してるわ。特急がなくても普通電車でも帰れるはずよ」

そう言って母親は財布から三万円を出して砕角の手に無理やり握らせた。

「私たちはこの力のために報酬を受け取ってはいけないんだ。だから私も砕角も、きちんと別に仕事を持っている。お金に困っているから乗り物を使わないいんじゃない。砕角の意志なんだ」

「これは報酬なんかじゃないわ。必要経費よ」

母親は自分の両手を後ろに回し、絶対に返させないように頑張った。

「このお金は家の修繕費用に充ててください。台風、落雷、竜巻と連続してくらったわけですからね。この家はボロボロのはずです」

砕角はそう言うと、お金をテーブルに置いて廊下へ出た。

「頑固なのね、行者さん。うちは災害対応の保険にも入ってるし、主人の生命保険も下りるの。完全に建て直したっておつりが来るわ」

砕角は聞こえないふりで玄関へ向かった。

「砕角を説得しようだなんて、師匠の私だって難しいのに」

小諸は「無理無理」とでも言いたげに自分の顔の前で手を横に振った。

「やっぱりね。あなたのほうがお師匠さんだったのね。外見だけ見れば逆だけど、お二人の会話でなんとなく感じていたわ」

母親はまたリビングへ戻り、三万円を握りしめて二人を追った。二人は玄関で、小諸は靴を、砕角は草履を履いた。靴も草履もまだぐしょぐしょに濡れている。そして砕角は投げ捨てられていた編笠を拾って小脇に抱えた。

「ねぇお願い、今電話でタクシーを呼ぶわ。今からなら新宿駅からの最終電車に間に合うはずよ。歩いてたら間に合わない」

母親は砕角の肘を摑んで懇願した。

「間に合いたいなんて、こいつは露ほども思っていないよ。私も、明日は平日だが仕事は休みを取ってある」

小諸は半笑いで砕角を指差した。

「一日で歩ける距離なの？　それに、疲れて仕事になんかならないわよ」

「疲れたら適当に仮眠を取る。心配ご無用」

小諸は砕角の肘から母親の手を離させ、母親の肩を両手で制した。

「だったらせめて連絡先を教えて。あの子が高校を卒業する日も知らないのに」

「知っていますよ。それに、必要とあらばすぐに駆けつけると言ったでしょう」

「だから余計に心配してるのよ。駆けつけるって、歩いてどうやって駆けつけるつもりなの？　何日も待てない事態のはずよ」

母親は切羽詰まったように言った。

「わかりました。タクシーを呼んでください」

砕角は振り向いたが仏頂面だった。

「ああ、砕角を怒らせた。なだめるのは私なのに。それと、私の自宅の電話番号だけ一応置いていく。本当は必要ないんだが。紙とペンを」

母親は慌ててリビングに戻り、焦った様子でタクシー会社に電話をかけた。そしてすぐにメモ帳とボールペンを持って玄関へ戻ると、小諸が受け取り、壁に押しつけながら自宅の電話番号を走り書きした。それを母親に渡そうとすると、母親はまた小諸にメモ帳を押しつけた。

「そちらの行者さんのも」

今度は砕角が受け取り、修行場の電話番号を書いた。

ほんの五分ほどで玄関前にタクシーが到着した。玄関を出ようとする二人を押しのけ、母親がサンダルを突っかけて外へ飛び出す。そして助手席の窓を叩いて開けさせ、運転手に三万円を渡した。

「二人を新宿駅のここから一番近い出入り口に送って。最終の時間が迫ってるから急いでお願い。おつりは山伏の格好をした人に渡して」

運転手は不審そうな顔をしていたが、お金を受け取って後部座席のドアを開けた。

「砕角をここまで譲歩させた女性は初めてだ。娘さんもたぶんその血を受け継いでいるぞ」

小諸がそう言い、先にタクシーに乗り込んだ。砕角は不服そうな顔のまま小諸のあとに続く。タクシーが走り出し、見えなくなるまで母親は頭を下げ続けた。

二

数日後のよく晴れた朝、母子はリビングのソファーに向かい合って座り、会話をしていた。

「へえ、これすごいよ。こんなにパワーがあるお守りなんて見たことない」

娘はソファーの背もたれに寄りかかり、ふんぞり返るような姿勢で、長い黒髪をかきあげながら言った。

娘はあの日から丸二日間眠り続けていたのだ。

「やっぱりそうなのね。あの人たちは信じていいのよね」

母親は身を乗り出して、娘の胸元に下げられたネックレスに見入ってそう言った。

「いいと思うよ。この間の白装束のおっさんなんてメじゃないと思う。あたしは意識が無かったからわからないけど。話したかったな」

「だったら私と一緒に、冬休みにでもこっちから出向いてみようか」

「お母さんがいいならあたしはいいよ。住所わかるの？」

「電話して訊いてみるわ。たぶん来るなとは言わないでしょう」

　母親はテーブルに置かれた電話の子機を取り、メモにある小諸の自宅へと電話をかけた。小諸はすぐに電話に出た。

「あのぅ、私は……」

『そろそろ電話がかかってくる頃だと思っていたよ。小諸だ』

　母親は娘が会話に参加できるよう、スピーカー通話に切り替えた。

「あたしは全然覚えてないけど、あたしを助けてくれたみたいでありがとう。あ、初めて顔が見えた。想像よりイケてた。ねえ、おじさん、なんで下着姿なの？」

　娘は電話線を辿るように視線を動かしている。

『君にはかなわないな。この時期にはあり得ないほど暑くて、今着替えている最中だ』

「すみません。娘が失礼なことを……」

　母親は恐縮し、電話なのに頭を下げた。

『構わんよ。こちらへ来るつもりなのだろう？』

「すぐにではありません。娘の学校が冬休みに入ってから」

『芳紫町《ほうしまち》駅南口から車で十五分程度。歩けない距離じゃないが、タクシーに乗ったほうが確実だ。芳紫町三丁目の小諸医院と運転手に伝えるといい。小諸医院という看板が目印だ。いや、娘さんに訊けばわかるかな』

「今、電話線辿って見てる。だいたい場所はわかったよ。辺鄙な所だね」

娘は宙を見て、視線をこまめに動かしながら、言った。

『あはは、あまり都会が得意じゃないんだ。そっちよりもだいぶ寒いから、厚着しておいで』

「それより、お父さんがあれ以来いないんだけど、そっちにいるのかな」

娘は宙を見つめたまま、小諸の住居の中を捜している様子だ。

『君が怖いらしい。こっちにいるよ。四十九日の法要にはそちらへ戻ると言っている』

「お父さんまで私を化け物扱いか。もう慣れたからいいけど、お父さんだけは味方だと思ってたのに」

娘はふーっと深く息を吐き、落ち込んだような表情を見せた。

『今でも君の味方だよ。君のお父さんが私たちを頼ってくれたから、こうして君は無事でいる。命の恩人には変わりないよ』

「そっかぁ、お父さんにありがとうって伝えてね」

娘はやっと笑顔になった。

『わかった。いつでも歓迎するから。待っているよ』

小諸はそう言って電話を切った。

「やっぱりあのおじさんすごいよ。あんな人、いたんだ。もっと早くに知り合いたかったたな。そうすればあたしは化け物にならなくて済んだかも」

娘はやっと視点が定まり、母親と目が合った。

「そんなにすごいの？」

「あたしの力なんて足元にも及ばない。すごい人だよ。試しに悪念を送ってみたけど、あっという間に返された」

「私の知らないところでそんなことしてたのね。なら、なおさら失礼よ。それにあなた、言葉遣いもなってない。敬語を覚えなさい」

「却下！　あたしには必要ないもん。どうせ化け物だし」

娘はふくれっ面になった。

「またそんなこと言って！　もっと自分を大切にしなさい。やっと助けてくれる人に出会えたのよ。感謝しなさい」

「はーい、気をつけまーす」

窓からはさんさんと朝日が差し込み、この時期にしては比較的暖かい日だった。

「それより、今回の学校はどうなの？　馴染めそう？」

「せっかくうまく正体を隠せてたのに、あの白装束の男が学校に乗り込んできたせいで台無しよ。まぁ素人には私が意識障害でも起こして気を失ったように見えたでしょうけど、奇妙な病気持ちとして扱われるんでしょうね」

「あなたが子供の頃、お父さんと一緒に何軒も精神科病院を連れ歩いたわ。でもそのたびに私たちは絶望した。何度も何度も絶望した。誰一人、どんな医者も薬も、あなたには何の解決にもならなかった。それで病気ではないんだと気づいたの。あなたに起きている現象を医学では解明できないんだと悟ったわ。でも、知らない素人から見ればあなたは精神疾患があるようにしか見えない。今の学校ではたまに発作が起きる病気だと思わせておきなさい。正直に話しては絶対にだめよ」

「わかってまーす。何年のけ者扱いをされてきたと思ってるの？　一般人の扱いには慣れたものよ。でもヤンキーとかいじめっ子グループに絡まれた時にはつい力を使っちゃう。あたしが怒ると勝手に電気みたいなのが出て相手はしびれちゃうみたい」

　娘はしびれた相手を真似するように手をブラブラさせた。

「そういう時はすぐに先生に相談なさい。あなたはいじめられて前の学校にいられなくなったことになってるの。先生も気を遣ってくださってるはずよ」

「それで解決するなら苦労はないなぁ。いじめって陰湿なのよ。先生の日の届かない場所だってたくさんある。担任が男性だったら余計にね。男性には入れない場所も多いでしょ。だから力を使ってマウントを取るしかないの」

「それで不良のボスにでもなったつもり？　そんな子たちとばかりつるんでたら、悪影響しかないと思うわよ」

「お母さん、あたしをナメてるでしょう。あたしは一挙手一投足まで神経を張り詰めて生活してるの。対策は万全よ」

　娘は自信満々に真顔で言った。

「そうね。また転校にならなきゃいいけど。もう転校の手続きにはうんざりよ」

母親は諦めきった表情で立ち上がり、台所へ消えた。

「あたしだって、制服のコレクションばかり増え続けるのはうんざりよ。お母さんだって、当事者の苦しみなんてわかってないんだ」

娘はブラシで長い髪をとかしながら独り言を言った。

終業式が終わり、校門から出て来る娘を母親が迎えに来ていた。さんざん踏みつけられて見る影もない、黄色い銀杏の落ち葉の残骸が地面に敷き詰められている。

「わざわざお迎えなんていいのに」

「こんなに何事もなく終業式を迎えられるなんて、嬉しくて。学校からの呼び出しが一度もないなんて奇跡だもの。小諸さんたちのおかげね」

母親はよほど嬉しいらしく、娘の手を取って小躍りした。

「あのおじさんに連絡したの?」

「小諸さんと呼びなさい。おじさんじゃ失礼よ。それに、まだ若そうだったし」

母親はまだ喜びに満ちた満面の笑みを浮かべている。

「その小諸さんて、三十越えてもまだ研修医らしいよ。本人曰く、優秀すぎて指導医から疎まれて、まだ研修医を卒業できないらしいわ。ホントかどうかはわからないけど」

「あなた、いつ小諸さんと話したの」

母親は先ほどの喜びも消え失せ、急に真顔になった。

「厳密に言えば話してなんかいない。頭の中で念じてみたら答えてくれた」

「そんなことしちゃだめよ。魔物に嗅ぎつけられたりしたら大変よ」

「小諸さんはそんなヘマしないよ。ちゃんと守ってもらえてる。感じるもの」

娘は宙を見つめ、小諸の顔を思い浮かべてにやけた。

「いつあちらへ伺うかは決めたの？」

「明日って伝えた。あっちはＯＫだって」

「またそんな勝手に……。手土産買いに行かなきゃ」

母親はすでに自宅方向へ歩き出していたが、急に踵を返した。

「そんなもの必要？」

「さんざんお世話になっていながら、手ぶらで行けるはずないでしょう」

母親は常識のない娘に怒り顔になった。

「東京の有名なお菓子かなんかでいいんじゃない？　駅で買えるし」

「だめよ。もっと高級な物でなくちゃ」

「じゃあ、メロンかマンゴーか」

「近所のスーパーでは買えないわね。専門店に行くわよ」

「ええ？　面倒くさい。それに何だかイヤな予感がする。お母さん一人で行ってきて」

娘は母親の肘を引いて拒んだ。

「何言ってるの！　誰のために行くと思ってるの！　あんたのためでしょう」

「わかったわよ」

二人は最寄りのバス停でバスに乗り、駅前の繁華街へとやってきた。

大きな駅ビルは問題なかったが、小さな商店は台風の爪痕が残り、シャッターを閉めている店もある。

「シャッターがひしゃげている店があるね。台風そんなにひどかったの？」

「覚えていなくて正解よ。とても怖かったわ。でもあなたに起こったことのほうが怖くて、台風も霞んでしまうわね」

「うちは大丈夫だったの？　どこも壊れてるようには見えないけど」

「屋根の修繕と簡単な壁の修復で済んだわ。これも小諸さんたちのおかげかしら」

「さあね。何でもかんでもあの人たちのおかげは言い過ぎよ」

娘は冷めた顔で言った。

「でも屋根ごと飛んだ家もあったそうよ。あら良かった！　藤野フルーツが開いてる。買っていきましょう」

そこは店舗が大きくて果物が豊富に取り揃えてある有名店だった。

「いらっしゃいませ。そろそろ柿の旬が終わる頃で、今がお買い得ですよ」

店員は、詰襟の白衣に白いズボンを穿き、コックのような背の高い帽子を被っていた。衣装に似合わず、肩幅が広い屈強な体つきをしている。そしてにこにこと終始笑顔を絶やさなかった。

「旬じゃなくてもいいの。男性が喜ぶような高級な果物がほしいんだけど。贈答用よ」

「わかりました。バスケットをお作りしますか」

「バスケットではなんだかお見舞いみたいでイヤだわ。木箱に入ったものがいいわ」

「それでは、こちらのメロンなどはいかがでしょう？　あと二、三日で食べ頃になる一品です」

「それでいいわ。ラッピングしてちょうだい」

「かしこまりました。毎度ありがとうございます」

店員はメロンの入った木箱を大事そうに抱えて店の奥へ消えた。

「今は温室栽培が多いから、時期はあまり関係ないのよね。苺なんて年中おいしいし」

母親はずらっと並べられた色とりどりの果物たちを見回して言った。

しばらくして、薄緑色の風呂敷に包まれたメロンが運ばれてきた。

「このメロンは冷蔵庫に入れたままですと甘みが飛んでしまうので、召し上がる二時間ほど前に冷やすのがお勧めです」

店員は高額な商品が売れて上機嫌な様子だった。

「わかったわ。そう贈り先に伝えるわね」

母親は代金を支払って、娘とともに店をあとにした。

「あの店員、背中に入れ墨が入ってる。本人は必死で隠してるつもりなんでしょうけど、あたしには丸見えよ。愛想はいいけど心の中はふしくれだらけよ。若い頃は相当悪さをしてきたはず。更正したんでしょうけど、たぶん家族はあの人の本性に気づいてる」

娘は、背後の店員の姿を思い返すように宙を見て言った。眉間に皺を寄せ、嫌悪感すら抱いていた。

「やめなさい、人の心の中を覗くのは。あなたの悪い癖だわ。だから周囲から疎まれてしまうのよ。誰でも、人に知られたくない部分があるものなの」

その時、急にあの白装束の男が目の前に現れた。

「見ーつけた。こんな所で出会うなんて運命だな」

男は跳び上がって喜んでいる様子だった。両手を上げて手首を曲げ、娘に向かって指をひらひらと動かしている。

娘は咄嗟に男に背を向け、持っていた学生カバンで顔を隠した。母親は娘を庇うように手で遮った。

「何の用？　もうあなたには関わりたくないの」

「そっちはそうでも、こっちはそうはいかない。大事な大事なお嬢ちゃま」

男は手を少し下げ、指をひらひらさせたまま、娘の顔を覗き込もうとした。

母子ともども、男のいやらしいニヤケ顔に嫌悪感で背筋が寒くなった。

娘は頭の中で必死に小諸へ呼びかけた。「助けて！」と。

男が娘の肩に手を掛けようとしたその瞬間、バチッという音とともに火花が散り、男は慌てて手を引っ込めた。

「いてて！　何がどうなってる⁉」

見る見るうちに男の指先が赤く腫れていく。娘は自分の胸元にあるネックレスが熱くなっているのを感じていた。

「あの山伏野郎どもが術をかけやがったか」

「もうあんたなんかの言うことは聞かない。私を守ってくれる大事な人ができたの」

娘は振り返って、怖い顔で男を睨み付けた。その眼差しは憎悪に満ちていた。

「そうそう、それでいい。私をできるだけ憎むんだ。そうすれば負のエネルギーが増幅されて私に力をくれる。山伏どものエネルギーが相殺されて消えていくんだ」

するとどこからともなく、大きな鷲が舞い降りてきて、男の頭にがっしり爪を立てて留まった。だが、それが見えているのは娘と男だけで、母親にはまったく見えていなかった。

『鳥はすべて天と地を結ぶ天からの使い』

娘と男だけに、声ではない鷲からのメッセージが直接頭の中に伝わった。

「鷲が喋った⁉」

娘が叫んだ。爪を立てられた男の頭から幾筋もの血が流れ出した。

「やめろ！　やめろ！」

「何よ、何がどうなってるの？」

母親は不思議そうに、男が一人で苦しんでいる様子を眺めるしかなかった。

男は必死に両手で鷲を摑んで引き離そうとしたが、なおも爪は頭に強く食い込むばかりだった。

すると男は右手の手のひらから緑色の蛇を出し、頭上の鷲に食いつかせた。

だが鷲はあっさりと蛇を咥え、遠くへ放り投げた。

「くそう、なぜ蛇の毒が効かないんだ。このままで済むと思うなよ。必ずまた娘を取り返しに来る」

男はそう言い残し、頭に鷲を載せたままどこかへ走り去った。

「ふう、助かった」

娘は胸のネックレスを右手で摑んだまま、左手のカバンを下ろした。

「何があったの？　私にはわけがわからないわ」

母親は逃げていく男の背中を目で追いながら言った。

「大きな鷲が飛んできて、あの男を襲ったのよ」

「その鷲は小諸さんの使いなの？」

「たぶんこの世のモノじゃないと思う。本物の鳥の鷲じゃない」

「喋ったのね。インコじゃあるまいし、鷲が喋れるわけがないものね」

娘は固く目を閉じ、頭の中で「小諸さん、ありがとう」と語りかけた。娘の頭の中には、小諸の笑顔だけが浮かんで消えた。


翌朝、母子ともども興奮してあまり眠れず、かなりの早朝からリビングにいた。

「すんごいわくわくしてる。とうとう実物に会えるのよーっ」

娘はソファーに座り、隣に置いてあるクッションを抱きしめた。

「まるで恋い焦がれてる乙女みたいね」

「ひょっとして、初恋かも。化け物には悲恋がつきものだけど」

「『美女と何とか』っていうお話もあるじゃない」

「それだと逆だよ。女性のほうが化け物なんだから。美女のほうだったら歓迎だけど。

美女かぁ、悪くないな。でも小諸さんはどう考えても野獣じゃないなぁ」

　娘は喜びが溢れ過ぎて笑い顔を我慢できない様子だった。

「まだ時間はたっぷりあるけど、朝ご飯食べてしまおうか。片付くし」

「どうやって山梨まで行くか決めたの？」

「平日だから、乗ってからでも特急の席が取れるはずよ。『あずさ』か『かいじ』に乗ろうと思ってるわ。新宿発だから始発駅だし」

「いっそのこと、朝ご飯食べないで駅弁にすれば？　久しぶりに電車の中で食べたい」

「それもいいわね。じゃあ水筒だけ用意しましょう」

「やったーっ！　あたし修学旅行行けなかったから憧れてたんだ」

　娘はクッションを抱いたまま、子供のようにソファーの上に立ち上がって跳びはねた。

「もう、精神年齢いくつよ。ソファーが傷むから下りなさい」

　母親はあきれ顔で言った。

「はーい。どんな服を着てったらいいかな。フォーマル？　カジュアル？」

「そんなに大した服持ってないでしょ。無難に高校の制服にしたら？」

「いやよ。東京人のセンスの良さを見せつけてやりたいの」

「でも、向こうは寒いらしいから厚着しないとね」

「よし決めた。真っ黄色のコート着ていく。向こうじゃ目立つわよ」

娘は子供のように目をきらきらと輝かせてにやけた。

「勝手にしなさい」


電車は余裕で席が取れ、特急で途中駅まで行き、ローカル線に乗り換えて「芳紫町駅」に降り立った。小諸の言った通り、東京より2、3度ほど気温が低いように感じられた。簡素な駅ではあったが、きちんと駅員が常駐しており、自動改札も完備されていた。小諸は南口と言ったが、改札は一つしかなく、左右の出入り口へは階段を下りてどちらへも簡単に行ける造りになっていた。

時間は昼過ぎ、小諸に伝えていた午後二時には早かった。待ちきれずに早く家を出発してしまったためだ。

「南ってどっちだ？」

「わからないけど、こっちだけにロータリーがあるから、きっとこっちよ」

だだっ広いロータリーに、一台だけタクシーが客待ちをしていた。客が少ないせいか、運転手はハンドルにもたれかかってリラックスしている。

母親がタクシーの助手席の窓をノックすると、運転手は驚いたように顔を上げ、慌てて後部座席のドアを開けた。

「随分と暇そうね」

母親が運転手に嫌みを言う。

「すいません。でも平日はいつもこんな感じですわ。もう少し年の瀬が近づけば忙しくなるんですがね」

運転手はルームミラー越しに二人を見て言った。

「芳紫町三丁目の小諸医院までお願い」

「小諸医院ね。でもあそこは休業中ですよ。診察はやっていません。何をしに小諸医院へ？」

運転手はなかなか発車せず、興味津々で思わず後部座席へ体ごと向けた。

「あそこに住んでいる人に会いに行くのよ」

運転手は納得した様子で向き直り、車を発車させた。

「わかりました。お嬢さん、随分と素敵なお洋服で。この辺じゃ滅多に見ないからね。女子高生はみんなジャージ姿で、そんなしゃれた格好の子はいませんよ。どちらからお越しで」

「新宿よ」

娘がぶっきらぼうに答えた。

「ありゃまあ、新宿っていうとキャバクラばかりのイメージですがね。おっと、こりゃ失礼しました」

「ちゃんと住宅街だってあるわよ。運転手さん喋りすぎ」

「失礼しました。久しぶりのお客さんだもんで」

それからしばらく、母子は黙って車窓からの景色を眺めていた。新宿とは違い、途中、広大な畑なども見える。

「あ、もう着きますよ」

タクシーは小諸医院の真ん前で停車した。母親が運賃を払い、二人は車を降りた。

「あちゃー、こりゃ昭和の町だ。昭和をよく知らないけど」

娘は二階建ての古い洋館を見上げて言った。金属でできた小諸医院の看板もかなり錆びており、長い歴史を感じずにはいられなかった。

「あなた、この間透視して見て知ってたんじゃなかったの？」

「細かいディテールまでは見えないのよ。透視には自分の理想が反映されて、実物より良く見えちゃうの。透視した映像よりキタナか……いや、古かった」

数段の石段を上り、鉄の門扉からガラス張りの待合室を覗くと、真っ暗で人の気配はなかった。窓はすべてカーテンが閉められている。門扉には鍵がかかっており、娘が門柱にあるインターホンのボタンを押した。

すると奥のドアから小諸が姿を見せた。紺色のふかふかのボアのセーターに、どうやら黒いスラックス姿だ。小諸はすぐに待合室の電気を点けた。

「きゃーっ！　小諸さんだ！」

娘が跳び上がらんばかりに喜んだ。

「遠い所へよく来てくれたね」

小諸は玄関を出て来て門扉の鍵を開ける。母親はすんなり入ったが、娘は門扉の前で凍り付いたように足が止まった。

「あたし、ここから先へ進めない。どうして？」

娘にとっては、見えないガラスの壁があるように思えた。

「それは結界のせいだ。この家には強力な結界が張ってあるんだ」

そして小諸は娘の額に手を当て、何かを念じた。

「あれ？　入れる。ふっしぎー」

「邪気を払ったんだ。また能力を使ったんだろう？」

小諸が玄関のガラス扉を開け、二人を招き入れると、娘は急に小諸に抱きつこうとした。しかし小諸は両手を伸ばしてそれを突っぱねた。

「こらこら、未成年と抱き合ったら犯罪だぞ」

「会いたかった。本当に会いたかった」

娘は目を潤ませている。

「まあとにかく好きな所へ座りなさい」

昔の家らしく上がり框《がまち》がとても高く、バリアフリーには程遠い造りだ。

二人はお世辞にもきれいとは言えないビニール張りのソファーに腰掛けた。

部屋の中央に置かれた水槽は中が空っぽで、ガラスには埃がついてかなり曇っている。マガジンラックの雑誌も相当古い物で、昭和初期かと思うような婦人誌が入っていた。

「あの、これつまらない物ですけど。召し上がる二時間くらい前に冷蔵庫に入れるとおいしくいただけるそうです」

母親が例の風呂敷包みを差し出した。

「そんなに気を遣わないで良かったのに。でもありがたくいただくよ」

小諸は二人の対面に座った。

テーブルの上には真っ黒い玉がずらりと並べられている。

「小諸さん、この玉すごくいやな感じがするんだけど」

娘は玉に手をかざして言った。

「これは私がこれまでに封じた魔物コレクション。長い間この玉に封じ込めていれば、魔物も苦しくて改心するようになる。そうしたら私の使い魔として使えるようになるんだ。君を助けたあの大きな鷲は、改心した私の使い魔だ」

「やっぱりね。小諸さんが助けてくれたんだ」

娘は納得したように大きく頷いた。

「あの白装束の男程度なら使い魔で十分対応できる。それ以上に力を持った相手には使えないが」

「そういえばあの男、手から蛇を出して鷲に食いつかせようとしてた。鷲のほうが断然強かったけど」

「男にもきっと使い魔がいるんだ」

小諸はその中の一つの玉を手に取り、天井のライトにかざした。

「こいつはまだまだだな。改心が足りていない」

娘はあわてて手を引っ込めた。

「今、砕角も来ているよ。一緒に住んではいないんだが、君たちのために来てくれたんだ」

「この医院はもうずっとやっておられないのね」

母親が待合室の隅々まで見渡して言った。

「いずれはここで開業するつもりだが、今は市内の総合病院で臨床を学んでいる。この医院は祖父が建てたものなんだ。父が引き継ぎ、次は私の番というわけだ。その父が若くして亡くなったので、しばらくここは使っていない。私が継ぐとなったら、きちんとリフォームするつもりだ」

「じゃあ、あたし看護師になる。小諸さんと一緒に働く」

娘は思い立ち、目を輝かせた。

「それは難しいかもな。君は伊勢神宮の巫女として修行するんだから」

「夜間の看護学校もあるよ。あたしだったら両立できる自信があるもん」

「志は高く……か。君ならできるかもな」

小諸はそう言いながらも、娘の言葉を信じていなかった。

そこへ、診察室と書かれた奥のドアから、砕角がお茶とお茶菓子を載せたお盆を持って登場した。いつものごとく山伏の格好をしている。

「やあ、いらっしゃい。お待ちしていましたよ」

母親は立ち上がって会釈した。

「先日は娘が大変お世話になりました」

「あ、あたし、この人も見た覚えがある。砕角さんっていうんだ」

娘も慌てて立ち上がった。

「もちろん本名ではありませんよ。小諸先生から頂いた法名です」

「砕角さんは小諸さんの弟子なの？」

「不肖の弟子です。わがままを申して迷惑をかけてばかりです」

碎角はお盆からお茶とお茶菓子をテーブルへ配り終え、小諸の隣へ腰掛けた。

「私はほとんど熊野に住んでいます。自分も修行をしながら、山岳修行体験のインストラクターをやっているんです。危険なので神経を使う仕事です」

母子は思い出したかのようにソファーに座り直した。

「熊野って、和歌山県の？」

母親が訊いた。

「そうです。慣れてしまえば、熊野から山梨なんて近いもんです」

「近いわけないわ。かなりの距離よ。まさか徒歩でなんて言わないわよね」

「急ぎでなければ歩きます。山梨県内には空港がないので、急いでいるときは山梨航空高校の滑走路と南紀白浜空港を結ぶ小型機に乗せてもらいます。それも無理な時は、長野県の空港を使います」

碎角は常識外の言葉を発している自覚がなく、当たり前といった調子でそう言った。

「碎角は電車の切符さえ買い方を知らない。航空券は手配できるのに。変な男だろう？航空機だけは平気なんだ。普通は逆じゃないか？」

小諸は冷めた顔で砕角を横目で見ている。

「その通りよ。小諸さんのほうが普通だわ」

母親は少し鼻息荒く言った。

「自動車には乗らないの？」

娘が身を乗り出して小諸に訊く。

「砕角は持っていないが、私は中型の運転免許を持っている。軽自動車も一応買った。だが十年ペーパードライバーなので実質運転はできない。免許証はただの身分証明書だ。ついこの間も免許の更新に行ってきたばかりだ。運転していないからゴールド免許。矛盾している気もするが」

「もったいない。こんな交通が不便な町なら、車が一番便利だと思うけど」

母親は立ち上がって窓の所まで行き、シャッとカーテンを開け、道路の左右を見渡した。

「あたし、もうすぐ十八歳になるんだ。あたしが小諸さんの運転手になってあげる」

娘も開いたカーテンから道路を見て言った。

「君の性格は知っている。危なっかしくて任せられないよ」

小諸は眉間に皺を寄せ、困り顔だ。

「大丈夫よ。あたしは伊勢で生まれ変わるんだ。今までの自分から卒業したいの」

「かなり厳しいぞ。女子大生のアルバイトとはわけが違うんだ。君は正式な巫女として訓練される。徹底的に根性を鍛えられる。一皮も二皮も剥けて戻ってくるだろう」

「でしょう？　だから伊勢も楽しむつもり」

娘のわくわく感が全員に伝わるような満面の笑みだった。

「そのことなんだが、君ら親子に書いてもらわないといけない書類がある。本人の履歴書と誓約書、まだ未成年だから親御さんの承諾書。伊勢の宮司にツテがあるから話は通してある。書類で落とされる心配はない。書類は形式的なものだ。で、お母さんはどうするね。一緒に行くか、残るか」

母親は元のソファーの場所に戻った。

「年齢制限とか無いのかしら。巫女さんて若い女性のイメージだけど」

母親は不安げに小諸に訊く。

「私の顔で特別に入れてもらう」

「なら行くわ。娘がどう変わっていくのか、この目で確かめたいの。でも、一人前になるにはどれくらいかかるのかしら」

「最低二年だな。人にもよるが。お母さんのほうなら一般常識は身についているから早いだろう。問題は娘さんだな」

小諸は深く息を吐き、ソファーの背もたれに背中を倒した。

「あたし？　そんなに常識ないかな」

娘は下を向いて自分の姿を見て言った。

「その服装も髪型も、言葉遣いもすべてアウトだ。髪には念が宿ると言われている。長くてもいいが、後ろで一つに結びなさい。それにだらしなく見える。私服は、色柄を捨てること。私服も質素であるべきだ。言葉遣いは一から覚え直す必要がある」

「今からそんなに厳しいの？　行くのは来年の春からなのに」

「君のために言っている。今から考えを改めないと続かないぞ」

小諸の眼光は鋭く、強い説得力に満ちていた。

「それと、これだけははっきり言っておく。人霊に関わるのは一切やめること」

「それって、お父さんとも？」

「君のお父さんは四十九日には霊界へ旅立ってしまうから問題ない。問題なのは四十九日を過ぎても成仏しない奴らだ。地縛霊、浮遊霊などには一切関わらないこと。見えても聞こえても完全無視するんだ。君が相手にしてもいいのは御神霊だけだ。だが今の君では無理だ。偽物神霊に騙される恐れがある。神を騙《かた》る偽物神霊は山ほどいる。その違いがわかるまで、霊能力は使わないほうがいい」

「あのぅ、この子、人の心の中をすぐに覗いてしまう癖があるんですけど、それもやめるように言ってください」

母親は懇願するような目で小諸を見た。

「わざと見えない聞こえないふりをしなさい。見てしまっても無視すればいい。口に出したら魔が入る。君自身がどんどん穢《けが》れていく。魔物の標的にもなりやすい。伊勢で生活をするというのはそういうことだ。穢れを溜め込まないために神域に入るんだ」

「難しいけどやってみる。そもそも本物の御神霊に出会ったことないの。たぶん偽物神霊には山ほど会ってる」

娘はうんざりした顔で首を横に振った。

「じゃあ本物を見せてやる」

小諸は眉間に皺を寄せて固く目をつぶり、パンパンと拍手《かしわで》を二回打って、胸の前で両手を組んだ。

すると小諸の背後が金色に光り始め、小諸の頭上から煙のように人の形をした何かが姿を現した。

「な、何？　なんだかゾクゾクする。眩しくて目が痛い！」

母親のほうには何の変化もなかったが、娘は手で顔を覆い、体が震え始めた。

そして煙は、角髪《みずら》を結い、真っ黒の神主衣装を身にまとった男性の姿となった。

「あ、あたしダメ。見ていられない」

娘は顔を背けた。

「ダメだ。よおく見るんだ。そして気を感じろ。これが私に憑かっている瓊瓊杵尊様のお姿だ」

娘はなおも正面を向くことができず、体がブルブルと小刻みに震えた。

「私には何も見えないし何も感じない」

母親はもがいている娘を不思議そうに眺めるばかりだった。

「だったら今のうちに書類を」

砕角が書類とボールペンを母親に渡した。

小諸がゆっくり目を開けると、瓊瓊杵尊はすうっと小諸の背後に姿を消した。金色の光も消失した。

「君はいずれ、これが日常になるんだ。御神霊以外とは交信しなくなる」

「すごい！　まだ動悸が止まらない。それに体が熱くてたまらない。こんな感じ初めてよ。でもすんごく心地いい」

娘は固く握りしめていた拳を開き、自分の手のひらに爪の跡がくっきり現れて、うっすら血が滲んでいるのを見た。

「伊勢の御祭神、天照大御神様が君を許し、守護神となっていただくのが最終目的だ。日本の神様の中で最高位におわすお方だ。よほどの覚悟と決意が無ければそれは叶わない」

「わかった。がぜんやる気が湧いてきた」

娘は両手でガッツポーズを作り、わざと小諸に見せた。

「君には、私や砕角みたいな魔物退治をする役目は与えられない。相手にしなくていいんだ。天照大御神様のご神徳を人に与える仕事をするんだ。それができるようになったら、また私の元へ来なさい。最後まできちんと私が君の面倒を見るから」

小諸は真顔で真っすぐ娘の目を見て言った。

「杜野光留《もりのひかる》さん？　初めてお名前を知りました」

砕角は書類を見ながら言った。

「光留はあたし。光を留めるって書くの。お母さんは道子《みちこ》」

「二人併せて光る道か、よくできているな」

「杜野の杜は森林のほうの森じゃないよ。神社の杜。気に入ってるの。それで、お母さんの旧姓は神林《かんばやし》、これも因縁めいてるでしょ」

母親は何故か嫌そうな顔をした。触れられたくない話題のようだった。

「ひょっとして、道子さんのお母さんも霊能者じゃなかったか？」

小諸はそう訊きながらも、確信を持っている様子だ。

「はっきりそうだとは言えないけど、私にも何か隠し事があるようではあったわ。私の父、光留の祖父の亡くなる日をあらかじめ知っていたようだったし」

「やっぱりな。霊能者って女系の隔世遺伝が多いんだ。私の知り合いでも何人か同じケースに出くわしたことがある」

「そうだったのね。それで合点がいく。私の母が何を隠していたのか思い当たる節がいくつもあるわ。咬み癖のある凶暴な犬を一撫でで懐かせたり、仏壇の前で何時間も独り言を言っていたり……私には不思議でしょうがなかった」

母親は宙を見るように、すでに亡くなっている母親の姿を回想していた。

「たぶんお母さんは孫の光留さんを随分と心配したはずだ。自分の血筋を知っていたから」

「そう言われれば、私が出産した時、女の子だって伝えたら、喜ぶどころかがっかりしているみたいだった」

「あたしが男の子だったら何も問題なかったのね」

光留は自分の誕生を祖母に喜んでもらえなかった事実を初めて聞かされ、ショックを受けているようにも見えた。

「だがそれは私たちには抗うことのできない天の采配だ。神様に仕組まれて君は生まれてきたんだ。生まれるべくして生まれてきたんだ」

それを聞き、光留は一筋の涙を流した。

「あたしなんか……あたしなんか生まれてこなければ良かったのにって、ずっと思ってた」

料金受取人払郵便

新宿局承認

1408

差出有効期間
2021年6月
30日まで
(切手不要)

郵便はがき

1608791

141

東京都新宿区新宿1－10－1

(株)文芸社

愛読者カード係 行

ふりがな お名前		明治 大正 昭和 平成 年生 歳
ふりがな ご住所	□□□-□□□□	性別 男・女
お電話 番　号	(書籍ご注文の際に必要です) ｜ ご職業	
E-mail		
ご購読雑誌(複数可)		ご購読新聞 新聞

最近読んでおもしろかった本や今後、とりあげてほしいテーマをお教えください。

ご自分の研究成果や経験、お考え等を出版してみたいというお気持ちはありますか。

ある　　ない　　内容・テーマ(　　　　　　　　　　　)

現在完成した作品をお持ちですか。

ある　　ない　　ジャンル・原稿量(　　　　　　　　　　　)

書　名				
お買上 書　店	都道 府県	市区 郡	書店名	書店
			ご購入日	年　月　日

本書をどこでお知りになりましたか?
1.書店店頭　2.知人にすすめられて　3.インターネット(サイト名　　)
4.DMハガキ　5.広告、記事を見て(新聞、雑誌名　　)

上の質問に関連して、ご購入の決め手となったのは?
1.タイトル　2.著者　3.内容　4.カバーデザイン　5.帯
その他ご自由にお書きください。
(　　)

本書についてのご意見、ご感想をお聞かせください。
①内容について

②カバー、タイトル、帯について

弊社Webサイトからもご意見、ご感想をお寄せいただけます。

ご協力ありがとうございました。
※お寄せいただいたご意見、ご感想は新聞広告等で匿名にて使わせていただくことがあります。
※お客様の個人情報は、小社からの連絡のみに使用します。社外に提供することは一切ありません。

道子がそれを聞いて光留の肩を抱き寄せる。

「いいのよ。光留は生まれてきて良かったのよ。私の大事な大事な一人娘よ」

道子も涙を流した。砕角はもらい泣きしたが、小諸は表情を変えないどころか、

「遅くなるとこの辺はよく冷える。今はもう日暮れが早い。そろそろ帰らないと」

と、感動シーンをぶち壊すように言った。

「あ、そうだ、帰る前にこれを」

砕角がまた懐からネックレスを取り出した。

「時間が経つと効力が弱まるので、新しいものと交換してください。ちゃんとご祈祷済みです。鈴にも意味があって、お寺や教会にあるような鐘の形では、開いた底から念が抜けてしまうのでだめなんです。このような鈴の形が一番念が入りやすいんです。だから神社にあるのは鐘ではなく鈴なんです」

光留は手で涙を拭い、自分の首から古いネックレスを外した。

「本当だ、こっちのほうが効力が強い」

そう言って新しいネックレスを首に掛ける。

「お代はいいんですか？　神社でもお守りはちゃんとお金を払って買うのに」

道子はハンドバッグから財布を取り出そうとした。

「いいんですよ。原価はたかが知れているし、私たちは商売する気はありませんから。それに、お祓いをしてご祈願し直せば何回でもリサイクルできるんです。今、電話でタクシーを呼びますね」

砕角はそう言って診察室へ消えた。

「お茶が冷めちゃったね。タクシーを待つ間、お茶を入れ替えてくるよ。お茶菓子は食べないなら持ってお帰り」

小諸は茶碗をお盆に載せ、砕角に続くように診察室へ消えた。

「来て良かったね」

道子が光留に言った。

「うん。本当に良かった」

ようやく光留に笑顔が戻った。

その時、光留の目の前に父親が姿を見せた。道子にはまったく見えていない。父親は仕事人間だったので、光留が一番見慣れているであろうスーツ姿だった。

「光留！」

光留は立ち上がり、父親に抱きつこうとした。だが肉体を持たぬ父親の姿を突き抜けた。

「私もおまえを抱きしめたい気持ちだよ。残念ながらそれは無理だが」

「お父さん、小諸さんたちに会わせてくれてありがとう。みんなお父さんのおかげだよ」

「お父さんには霊感なんて無縁だが、今は光留が立派な巫女になっている姿が見えているよ」

「どうして、どうして家に帰って来てくれないの？」

「おまえに霊能力を使わせないためだ。小諸さんに言われている」

「なんだぁ、小諸さんたら、お父さんがあたしを怖がってるなんて言ったのよ。あたしに近づけさせないためだったのね」

光留は小諸が入って行った診察室のドアを睨んだ。

「それに、お父さんはもう旅立たなくてはならないんだ。会えるのは今日が最後だよ」

「そんな……まだ行かないで。四十九日まであと何日かあるよ」

「小諸さんがとてもいい花道を用意してくれたんだ。本当だったらもっと下の位の霊界に行くはずが、小諸さんのおかげでランクアップできそうなんだ」

「そうなんだ。お父さん、霊界でも元気でね。許された日には必ず戻って来て」

「命日とお盆には帰れるよ。それまで光留も頑張るんだぞ」

「わかった。楽しみに待ってる」

光留がそう言うと父親は姿を消した。

実は小諸が仕組んだ再会で、小諸は診察室のドアに隠れて会話を聞いていた。お茶は当然のように砕角が持ってきた。そして何事もなかったように砕角からお盆を受け取った小諸は待合室へ戻った。さも自分がお茶をついできたかのように装って。

「小諸さん、お父さんに会えた！……って言わせたいんでしょうけど、ドアの向こうに潜んでたの、ばれてるよ」

診察室のドアを睨み付けたのは、その裏に小諸がいることを知っていたからだった。

「しまった！　気配を消せていなかったかぁ」

小諸は額に手を当てて上を向いた。

「お茶をついでくれたのも砕角さん」

「本当に君には参るよ。さあ、熱いうちにお茶飲んで」

小諸は立ち上がっていた光留に、ソファーへ座るよう顎で指示した。

「でも、お父さんに会わせてくれたことには感謝してる、本当に。けど、なんでお父さんは小諸さんたちの存在がわかったんだろう。お父さん、自分でも言ってた通り、霊感なんて縁のない人よ。あの白装束の男と小諸さんたちがどう違うのかも見分けがつかなかったはず」

光留はお茶をすすりながら言った。

「最初に君を見つけたのは私なんだ。君はとても異質だからね。だから、助けを求めて彷徨っていたお父さんを呼び込んで私が事情を聞いた。娘を助けてほしいと必死に懇願されたよ。家にいたお父さんを追い出したのは、あの白装束の男なんだ。だから最初から敵だと認識していた。それに、お父さんがまだご存命の頃、同じような輩に出会っていたんじゃないかな。だから霊感など無くても、敵か味方か経験で知っていたんだと思う」

小諸のその言葉に、道子は何度も大きく頷いた。

「その通りです。霊能者を名乗る怪しい輩がしょっちゅう訪ねてきていました。でも大抵は娘のほうが上手《うわて》で逃げ帰っていました。今回ばかりはあんな恐ろしい魔物に襲われてしまって、私は藁にもすがる思いであの白装束の男に頼ってしまった。悪いのは私なんです」

道子が顔を覆って泣き崩れると、今度は光留が道子の肩を抱き寄せた。

「お母さんも私を助けようと必死だったんだよね。お母さんは悪くないよ」

光留はもう涙を見せず、道子をいたわる優しさに溢れた笑顔を見せた。

その時、玄関の外でクラクションが聞こえ、タクシーが到着したことを知らされた。

母子は同時に立ち上がる。

「本当に今日はありがとうございました。良いお話がいっぱい聞けました」

道子が深々と頭を下げた。

「あたしはナマの二人に会えただけで大満足だよ」

光留は道子を横目で見ながらも頭を下げず、笑顔で言った。

「『だよ』じゃないでしょ。『です』と言いなさい。本当にすみません。この子、普通の子の何倍も苦労しているから、つい甘やかしてしまって」

「伊勢の宮司たちも教育のしがいがあることでしょう。また会える日を楽しみにしていますよ」

砕角が言った。小諸は黙って手を振った。二人は高い段差を下りて靴を履き、その場で会釈して玄関を出た。

三

三月の下旬、空は晴れていたが花冷えとはまさに言い得ての、風の冷たい日だった。光留と道子、そして小諸の三人は近鉄鳥羽線の宇治山田駅に降り立った。朝早くに出発したが、もう昼を過ぎていた。

光留は小諸の指示通り、白いブラウスに紺色のジャケットとスカート、女子大生のリクルートスーツのような格好で、髪もきちんと後ろで一つにまとめていた。母親はまるで喪服のように、真っ黒なワンピースの上に同じく真っ黒なジャケットを羽織っている。二人ともキャスターのついた大きなスーツケースを重そうに引きながら歩いた。小諸は黒のスーツにターコイズブルーのネクタイを締めていた。

駅構内を出ると、真っ白な着物に水色の袴を着た神主らしき若い男性が三人を待ち構えていた。

「よくお越しくださいました。案内役を仰せつかりました、早川《はやかわ》と申します」

宇治山田駅は駅構内も広く、出入り口もたくさんあった。なのに早川は迷うことなくすぐに小諸たちを見つけた様子だった。早川はロータリーに停めてあった黒い大きな車へ三人を誘導した。

「先に外宮《げくう》の豊受《とようけ》大神様へご挨拶をお願いします」

早川は手際良く二人のスーツケースをトランクへ収め、後部座席に親子を、助手席に小諸を乗せた。そして自分は運転席へ座り、車を発進させた。

「ここまで遠かったでしょう。電車での移動は大丈夫でしたか？」

「私は中央本線で名古屋まで来て、二人は東京駅から新幹線で名古屋まで。名古屋で二人と合流したんだ。電車はすいていて快適だったよ。二人は？」

小諸が後部座席へ振り向いて訊いた。

「新幹線は混んでいて、けっこう窮屈でした。それに比べたら近鉄線は楽だったわ。時間はかかったけれど」

道子が軽く肩を回しながら答えた。

「お二人は伊勢は初めてですか？　小諸先生には何度もお越しいただいておりますが」

「先生？　小諸さんはここでも先生なんだね」

今度は光留が前の座席へ身を乗り出す。

「医者だからだろう。大した意味はないよ」

小諸は面倒くさいらしく、冷たく説明を避けた。

「本当にそうですかね」

早川が意味ありげにぼそりと笑顔で言った。

「私たちは初めてです。なんだか緊張してきちゃったわ」

道子がそわそわした素振りで言った。対照的に光留は落ち着いており、目を輝かせて車窓から景色を見ていた。

ものの五分ほどで外宮の駐車場へ着いた。

「荷物は置いたままで結構です。この先、内宮《ないぐう》と神職専用の宿舎まで私がお送りしますから」

シーズンオフにもかかわらず、参拝者は多く、混み合っていた。

四人は車を降り、鳥居の前まで来た。

「鳥居をくぐる前に必ず一礼するんだ。会釈ではなく深くお辞儀をして」

小諸が二人に言って、先に手本を見せた。二人はそれに従った。

そして鳥居をくぐった途端、光留が足を止めた。

「空気が違う。鳥居をくぐる前とあとでは全然空気が違う」

光留は天を仰いで大きく両手を広げ、深呼吸をした。

「そりゃ当たり前だろう。ご神域に入ったんだから」

小諸が冷たく言った。

「神社の鳥居って赤いイメージだけど、ここのは赤くないんだね」

「それは奈良時代から平安時代にかけて行われた神仏習合によるものです。赤い色が魔を払うというのは本来仏教の考え方で、神道由来ではないのです」

早川が得意げに教えた。

「私はやっぱり白木の鳥居が一番好きだな。最近はコンクリート製が多いが」

小諸はどこかの具体的な鳥居を思い浮かべているように言った。

そして早川は一行を手水舎《ちょうずや》へ案内した。

「ここで手と口を清めるのです。作法をお教えします。私を見て同じように真似してください」

早川は右手で柄杓を持ち、たっぷりと水を汲んで左手をすすいだ。そして今度は柄杓を左手に持ち替えて右手をすすいだ。次に右手で柄杓を持ち、左手をお椀のようにして水を溜め、その水で口をゆすいだあと、改めて左手をすすいだ。

「そして最後は柄杓を立てて持ち手をすすぐのです」

「水の中に硬貨が入ってるわ。不潔ね」

道子が不安そうな顔で言った。

「これはマナー違反ではありますが、御神水なので清められています」

「それに随分と複雑な作法だわ。覚えられるかしら」

「これは神職がというより参拝者が行う作法です。これくらいは基本中の基本です。慣れていただかないと困ります。これから神職を目指されるお二人なのですから」

それまで和やかだった早川の顔がきりっと引き締まったのを感じ、道子はうろたえた。

一行は鬱蒼と大木が両側に立ち並ぶ参道を、玉砂利を踏み鳴らしながら進んだ。

「この両側の大きなご神木が、この神域を守ってくれているのです。よく感じ取りながら進んでください。深呼吸してご神域の空気も味わいながら」

早川は見本を示すかのように、両手を広げ、左右のご神木を交互に見上げながら言った。

「私でもこの心地よさは感じ取れます。光留はもっとでしょうけど」

道子でもその清々しさは十分感じ取っている様子だった。

そして、かなり長い距離を歩き、ようやく拝殿に到達した。

「ここでは個人の願いごとはなさらないでください。ここまで導いてくださった感謝の念だけを送るのです」

「『立派な巫女になれますように』もダメかしら」

道子はお伺いを立てるように恐る恐る言った。

「でしたら、なることをお許しくださいとお願いしてください。それでも外宮だけですよ。内宮では一切の願いごとはしてはなりません」

「許されたからここまで来られたんだ。もう許しを請う必要はないよ」

珍しく小諸から笑みがこぼれた。来られた幸せを実感しているようだった。

「二拝、二拍手、一拝をしてください。拝は前屈するほど深くが良いです」

三人はゆっくりと指示に従った。

「拝殿が光ってる。この光は何？」

光留が小諸に向かって訊く。

「豊受大神様が歓迎してくださっているんだ。この光が見えるのは素質ありということだ」

「私には見えないわ。光留だけ歓迎されているみたい」

道子がひがみっぽく言った。

「そんなことはない。ベテランの巫女でも宮司でも、見える人は限られている。道子さんもちゃんと歓迎されているよ」

そう言うと、小諸は胸の前で両手を組み、何かを祈っている様子だった。

「願いごと禁止じゃなかったの？」

「小諸先生は特別です。豊受大神様と会話されているのです。決して願いごとではありませんよ。豊受大神様のご意向を伺っておられるのです」

早川は羨望の目で小諸の姿を見つめている。

「やっぱそうなんじゃん。先生ってそういう意味じゃん」

光留がふてくされたように言った。

「光留！　いくらなんでも『じゃん』はだめでしょう。もっと敬意を払いなさい。『やっぱ』もだめよ。そんな態度じゃ神様に見捨てられるわよ」

道子は軽く光留の足を叩いた。

「はーい、気をつけまーす」

光留はわざとそっぽを向いて言った。

小諸は五分ほどで手をほどき、一行は拝殿をあとにした。

「神様、何か言ってた？　光留も聞きたい」

「神様は『おっしゃった』だ。『言ってた』はだめだ」

道子に続き、小諸も光留を叱った。

「『厄介な子を連れてきたものだ』とおっしゃられた」

「神様まであたしを厄介者扱い？　心外だな」

光留は目を吊り上げ、怒った様子で言った。

「ただ、引き受けてはくださるようだ。嫌がってはおられないよ」

光留はそれを聞き、にーっと笑った。

「それでは車に戻りましょう。次は内宮です。天照大御神がおられる最高に崇高な場所です。光留さんはとにかく態度を改めてください。失礼は許されませんよ」

「あたし、できるだけ喋らないようにする。言葉遣いなんかそう簡単に直らないもん」

光留はきりっと口を真一文字に結んだ。

「その『あたし』から直さないとな。きちんと『わたし』と言えるように。正しくは『わたくし』だが」

「『わたし』ね。気をつけてみる。でも『わたくし』はハードルが高い気がする」

「当面は『わたし』でいいよ。そのうちイヤでも使えるようになるさ。おっと、帰りも鳥居をくぐったら振り返って礼をするんだぞ」

早川も含め、鳥居をくぐると、いっせいに振り返って深く礼をした。

一行は車に戻り、早川が車を発進させた。

「そういえば、看護学校の件はどうなったんだ?」

小諸が光留に尋ねる。

「夜間の学校通いだけは神社に許してもらえた。でも病院での実習だけは、修行が終わってから行くことになった。病院は亡くなる人が多い場所でしょ。修行中は穢れがつくからだめなんだって。それは学校とも話し合ったけど、授業だけ集中して終えて、修行が明けてからまとめて実習に行くことで落ち着いた」

「さすがだな。思ったことは必ず実行する子だ。私も賛成だ。修行中に病院はまずいからな」

「小諸さんはさすがに病院でも平気なのね」

「私は人霊のほうが避けてくれる。私に憑《か》かっている御神霊が眩しくて近づけないんだ」

「へえ、私も早くそうなりたい」

「ほら、自然に『わたし』と言えたじゃないか」

「本当だ。外宮で清められたからかな」

「いえいえ、小諸先生が叱ったせいですよ。小諸先生こそ、思ったことは必ず実行されます」

早川が口を挟んだ。

「じゃあもっと叱って」

光留はふざけて口を尖らせて目を閉じた。

「それは妙な意味にも聞こえてしまうぞ。やめてくれ」

小諸は本当に嫌そうに顔を背けた。

「妙な意味って何？　私わかんない」

光留は小諸の反応を面白がって、余計に顔を小諸に近づけた。

「やめなさい。恥ずかしいでしょ」

道子が光留の膝を軽く叩いた。光留は不服そうではあったが黙り込んだ。


一行は内宮に到着し、外宮と同じ作法を内宮でも一通り終えた。

「基本的には外宮と同じだったけど、橋の通り方だけは外宮と逆だったね」

「それは神様がおられる本殿の位置の問題なのです。人が本殿に向かう時はできるだけ遠回りをするのが礼儀なのです」

そして長い参道を歩いて拝殿に向かったが、外宮と違ったのは、「御垣内《みかきうち》」と呼ばれる一番奥の拝殿に入らせてもらえたことだった。光留には、近づく前からピカピカと光る何かが見えていた。

「ここすごい。こんな場所初めて」

光留は感動に包まれて体が小刻みに震えた。

「これからは、光留さんはこの光景を日常、目にすることになるのですよ。さあ、感謝の祈りを捧げるのです」

早川は晴れやかな顔で真っすぐ拝殿を見つめたまま言った。

御垣内の拝殿の前で、一行は揃って二拝二拍手、一拝をした。

「光留、雑念があるぞ。神様が嫌がっておられる」

小諸は顔を正面に向けたまま、片目だけ開けて横目に光留を見て言う。

「ばれたか。早く小諸さんみたいになりたいって、つい思っちゃった」

光留はにっと笑って舌を出した。

「神様は何もかもお見通しだ。ごまかせるわけがない」

「はーい、やり直します」

光留は一人だけ二拝二拍手、一拝をやり直した。そして両手を合わせ、固い意志で感謝の念だけを拝殿にぶつけた。またしても小諸だけは胸の前で両手を組んで黙り込んでいる。今度は十分ほどかかってようやく手をほどいた。

「やはりこれほど清々しい場所はないな。身も心もすべて洗われた気分だ。私でもこの場所以外では感じられない」

小諸は真っすぐ拝殿を見つめたまま真剣な表情をしている。

「神様は何かおっしゃってた？」

光留が尋ねた。

「『案ずるな。光留は引き受けよう』とおっしゃった」

「それだけ？　それにしては長かったような」

光留は興味津々に小諸の顔を覗き込んだ。

「詳しいことは明かせない。それが神様との約束だ」

「気になるけど、まあいいや。受け入れてもらえたことだけはわかったから」

「言っておくが、誰でも受け入れてもらえるわけじゃない。私がついていなかったら、お姿すら現していただけない者がほとんどだ。光留は特別なんだ。まだまだ感謝が足りない。神様がお見えになったことだけでも相当な感謝が必要だ」

小諸はわざと怖い顔をして光留に言い含めた。

「わかった。もっと感謝する」

光留も真剣な顔になって大きく頷く。

一行はさらに深く一拝をしてその場をあとにした。

また玉砂利を踏み鳴らしながら長い参道を通り、鳥居をくぐって一礼をしたあと、

「それではこれから私たち神職が寝泊まりする宿舎へご案内します」

と早川が言い、また一行は車へ乗り込んだ。

「内宮へ通いやすいよう、すぐそばですよ。穢れを持ち込まないように、宿舎内も神域になっています」

「そういえば、光留は車の免許は取ったのか？」

小諸が後部座席に振り返って尋ねる。

「取ったよ。教習所で最短記録だって言われた」

光留は得意げに答えた。

「すごい子だな。改めて感心するよ」

早川の言った通り、車で五分ほど走って、鉄筋コンクリートの三階建ての大きな建物に案内された。

「すごいきれいな建物。小諸医院とは大違いだね」

「それは余計なお世話だ」

小諸はふてくされたような顔をした。

「こんな所で生活させていただけるのね。さすがは伊勢神宮だわ」

「あなた方の当面の仕事はお掃除だけです。私も最初はそうでした。お母様は慣れておられるでしょうが、光留さんには辛い仕事になりますよ」

「見くびらないで、掃除得意だもん。ねえ、お母さん」

「本当にそうかしら。あなた自分の部屋以外、掃除したことあったかしら」

「そうだったっけ？　おかしいなぁ」

光留はわかっていて半笑いで首をかしげた。

「神職がこの建物の外壁までお掃除します。なめてかかると痛い目に遭いますよ」

早川はわざと厳しく光留をたしなめる。

「そこまでか。ちょっとなめてた」

光留はキリッと顔を引き締めた。

「神宮内のお掃除をさせていただけるまでもかなりの時間を要します。しばらくはこの建物内のお掃除になります」

早川は駐車場に車を停め、トランクから二人の荷物を取り出した。

「女性の宿舎はこの建物の一階部分だけです。二階が男性用フロア、三階はファミリー用です。男性用とファミリー用のフロアにはあなた方は入れませんので、掃除面積は女性のほうが少なくて有利だと思いますよ」

二人はまた大きなスーツケースをゴロゴロと引き、建物内に入った。広いエントランスは一面大理石でできている。

「中も立派なのね。でも警備員がいないのはちょっと不安でもあるわ」

道子はエントランスの中を見渡し、少し不安げだ。

普通の会社のビルなどと違い、受付も何も無く、太い柱以外がらんとした印象だった。

そして早川は一番奥の壁にあるボードへと向かった。部屋番号がずらっと並んでおり、それぞれにボタンが付いているインターホンがあった。早川は迷わず１０５号室のボタンを押した。

『はい』

インターホンから年配女性の声がした。

「早川です。新人さんお二人をお連れしました」

早川の緊張している様子から、相手がただ者ではないことが察せられた。

『今行くわ』

そして廊下の奥でドアの開く音が聞こえ、誰かが静かにこちらへ歩いてくるようだった。スッスッという衣擦れの音だけで、足音は聞こえない。

やがて、真っ白な着物に真っ赤な袴と、今の光留と同様、長い黒髪を後ろで一つにまとめた年配女性の姿が現れた。そこまでは無表情だったが、光留を見るや否や、鋭い顔に一瞬で変わる。一行は深く頭を下げたが、女性の目には光留しか見えていないようで、挨拶するのも憚られるように真っすぐ光留の目の前に立った。

「この子、何者？」

女性は光留の目を一直線に見つめ、一切視線を外さない。

「新人の杜野光留さんです」

早川が恐縮したように言った。

「こ、怖い」

光留が顔をこわばらせる。確かに、小諸でさえ異様に感じていた。

「この子、私の後継者になる子よ」

一同が驚いた。

「磨けば磨くほど輝く原石だわ。私が磨いてあげる。険しい道のりになるわよ。覚悟して」

光留はまるで死刑判決を受けたように感じた。

「この方はすべての巫女を統括しておられる、巫女長の石田様です」

早川が恐る恐る言った。

「この子専用に教育係を一人付けるわ。早川、美琴《みこと》を呼びなさい」

「はい、只今」

早川は迅速に動き、インターホンで107号室のボタンを押した。

『すぐに参ります』

早川の呼びかけも待たずに、インターホンから返答があった。

また廊下の奥からドアの開く音がし、今度はさらに早くスッスッという音が近づいてくる。

姿を現したのは、石田と同じ格好をした、二十代前半くらいの若い女性だった。小諸たち一行に向かって深くお辞儀をする。

「親子だから同室でと思っていたけど、事情が変わった。この子は美琴と同室にしなさい。あなたが一から作法を叩き込んで。そして私が毎日進捗具合をチェックする」

石田は美琴を真っすぐ見ていたが、美琴は目を伏せたまま石田を見なかった。

「で、でも、私は夜間は学校に……」

光留は圧倒されて二、三歩下がって言った。

「わかっているわ。だから余計に大変になるのよ。自分が決めた道なら、どちらも貫き通しなさい」

石田には誰もが抵抗できない威圧感があった。小諸でさえ沈黙したままだ。

「美琴、二人を部屋へ案内しなさい」

母子は美琴に連れられて廊下の奥へ消えた。巫女たちとは違い、スーツケースのキャスターの音と、二人の靴音が廊下に響いた。

「小諸さん、あなた今回は随分と大役を任されたのね」

石田は光留や美琴に対する態度とは打って変わって穏やかに話した。

「あの子の扱いには私も手を焼いています。あなたが教育してくださるなら心強いです」

小諸も緊張が解けたように穏やかに答えた。

「これまで随分と酷い目に遭ってきたでしょうに、あの子の心は歪んではいない。芯の通った強い子だわ」

「その通りです。歪んでいたら、ここへは来られなかったことでしょう」

「あの子がここにいる間は私に任せておきなさい。あなたには他にやるべき大切な仕事があるのでしょう」

「またしてもその通りです。さすが巫女長」

小諸は図星をつかれて拍手《はくしゅ》しそうになったのを慌てて自粛した。

そこで早川が遠慮がちに言った。

「大宮司が小諸先生に会いたがっておられましたが、今、あいにく所用で出払っております。よろしくお伝えするように言いつかっております。私が駅までお送りします」

「巫女長、では私はこれで。よろしくお願いします」

「また今度、あなたとは一度じっくりお話ししたいわ」

小諸は石田の笑顔を見てほっとした。

くださいませ」

「光留の修行が明けたら迎えに参ります。その時に光留の成長具合も詳しくお聞かせください」

小諸は深く礼をして、早川のあとに続いた。

建物の外へ出て、二人は車へ乗り込む。

「小諸先生は、巫女長とは長いお付き合いで？」

「これまでに何人か巫女候補を預けたことがある。光留ほどの子は初めてだが」

「あんなにすごい子だとは、私は気づきませんでした」

早川は驚いた顔がまだ元に戻っていなかった。

「気づかないのが当たり前だ。内面に秘めた強い力は私が封じてある。見抜けるのは巫女長くらいだろう」

小諸は遠い目をして、光留のこれまでを思い返していた。

車は宇治山田駅へ着き、小諸と早川はそこで別れた。

四

小諸は電車とタクシーを乗り継いで、とっぷりと暗闇に包まれた深夜に小諸医院へと戻ってきた。門扉や玄関ドアは施錠され、中は真っ暗だった。だが小諸は医院内に人がいる気配を感じていた。

小諸は玄関を上がって呼びかけた。

「砕角！　いるのか？」

「ここです」

蚊の鳴くような弱々しい声で砕角が答えた。

小諸が待合室の電気を点けると、ソファーの上に砕角が横たわっていた。だが、いつもとは違う禍々しい気配を小諸は感じ取っていた。

小諸が砕角の顔を覗くと、一面に赤い発疹が広がっていた。よく見ると、手の甲にも発疹がある。

「どういうことだ。おまえがなぜ？」

小諸が砕角の額に手を置く。

「体温が四十度を超えている。だが感染症とは思えない。麻疹や風疹の類いじゃない。どうなっているのか私にもわからん」

小諸は砕角の額に手を当てたまま、固く目を閉じ、眉間に皺を寄せた。

「この辺が視床下部、熱中枢にアタックしてみよう」

小諸はさらに手に力を込めた。

「だめだ、念が跳ね返される。私の力では解熱できない。病気の熱なら下げられるのに。これでは、私一人では何もできないぞ。とりあえず応急処置だけは頼むしかない」

小諸は診察室へ入り、１１９番へ電話をかけた。

「芳紫町三丁目の小諸医院です。大至急、救急車を一台頼みます。私は市内の総合病院の勤務医、小諸です。そこへ搬送していただきたい。男性四十代、原因不明の高熱と、全身に赤い発疹があります。意識は鮮明、会話できます」

そう言って小諸は電話を切り、砕角の元へ戻った。

「砕角、頑張れ。応急処置はしてもらうが、これはただの病気じゃない。何か原因があるはずだ。おまえは熊野の神に守られている。心配するな。必ず私が救ってやる」

と、小諸は砕角の手を強く握った。その手は燃えるように熱かった。

やがて救急車が到着し、救急隊員二人が待合室へ入ってきた。

「この段差じゃストレッチャーが入れない。担架を使おう」

片方の救急隊員が素早く外へ出て担架を運び入れ、救急隊員二人で砕角を載せた。

そして道路までくると、そこから改めて救急車のストレッチャーに担架ごと載せた。

救急隊員はマスクとゴム手袋をしていた。小諸も救急車へ乗り込んだ。

「当直医の話では、感染症の疑いが高いので、隔離室へ運ぶよう指示されました」

若い救急隊員が言った。

「私は感染症ではないと思っているが、今は病院の指示に従おう」

小諸は救急車の中で、胸の前で手を組み、固く目を閉じた。

すると小諸の頭の中に瓊瓊杵尊の姿が浮かび、こう告げた。

『厄介な相手を敵に回したようだ。邪宗の神が呪詛をかけている。その神を宿した人間がいる。だが小諸が相手にすべきは白装束の男だ。その男から、神を宿した人間を引き離すのだ。それで砕角は救われる。本当はおまえにふりかかるべき災難だ。だがおまえは伊勢にいて手が出せなかった。砕角は光留を守ることに集中しすぎ、自分の防御が甘くなっていたのだ』

「邪宗の神。思い当たるぞ。あの白装束の男のバックにいる大物だ。熊野の神よ、私がそいつを倒すまで砕角を守ってください」

独り言を言っている小諸を、救急隊員が不審そうに見ていた。

救急車が病院へ到着すると、砕角は救急搬入口からストレッチャーで運ばれ、「陰圧室」と書かれた病室へ移された。小諸は砕角から離れなかった。当直医一人と女性看護師二人が、マスクにゴム手袋をして病室へ入ってきた。

「小諸、この患者にアレルギーは？」

「まったくありません。薬物も食べ物も」

「ならば取りあえずルート確保。抗生剤と解熱剤を点滴で流す」

当直医がそう言い、二人の看護師がてきぱきと動いた。一人は砕角の着物を脱がせ、心電図の電極を胸部に貼り付け、血圧計を腕に巻く。もう一人は砕角の腕に留置針を刺し、点滴チューブに繋いだ。

「反対の腕から血液採取。すぐ検査室へ。おまえも医者だろう、さっさと手袋とマスクを付けて手伝え」

当直医が小諸に言った。小諸は着ていたジャケットを脱ぎ捨て、ワイシャツの両袖をまくってその指示に従った。

「じゃあ、採血は私がやります」

小諸は砕角の腕にゴムチューブの駆血帯を巻き、看護師から渡された空の注射器で採血をした。

「細菌やウイルスをチェックして病名を特定する。海外渡航歴は？」

「ありません。一度も日本から出たことはないはずです」

「なら問題はなさそうだな。最近外国人との接触はあったか」

「いいえ、修験道の行者なので、山にこもることがほとんどです」

「山野を駆け巡っていたならマダニを介した感染症や破傷風の恐れもあるな。おまえとの関係は？」

当直医にそう訊かれ、小諸は一瞬戸惑った。正直に言うわけにはいかない。

「長年の友人です。こいつの親族は和歌山県に住んでいるので、すぐには駆けつけられません。身元は私が保証します」

「ならおまえが書類を書いて捺印しろ。もし感染症が判明したら、おまえも隔離だからな」

「私はそういうわけには。やることがあるので」

小諸は珍しくおどおどしていたが、当直医はガン無視だった。

「小諸先生、書類はあちらで」

看護師の一人が小諸を廊下へ誘導する。小諸はマスクとゴム手袋を外してゴミ箱へ叩きつけるように捨てた。

廊下を少し歩いた所に救急外来専用の窓口があり、当直の事務員が座っていた。事務員もマスクをしていた。小諸はカウンター越しに正面に座る。

「こちらに患者様のお名前とご住所、電話番号、わかる範囲でこれまでの病歴もお書きください。ご親族様にはこちらからご連絡します。保証人様の書類はこちらです」

小諸は砕角の「砕」の字を書きかけてあわててペンを止めた。

「あいつの本名なんだっけ。記憶が微妙だが仕方ない、とりあえず書いておこう。病歴？　あいつが病気なんて……。崖から落ちた時の骨折でも書いておくか。私が治したから記録には残っていないが」

小諸はそう独り言を言いながら書類を一通り書き終えた。印鑑は持っていないので拇印を押す。

「骨折した時の金属などは入っていませんか？」

「入っていません。驚異的な快復力なので」

「今は一通りこれでけっこうです。ご親族様が到着されたら改めて書いていただきます。血液検査が終わるまでは、先生もここにいていただきます。感染を広げてはいけないので」

事務員は眉の一つも動かさずに淡々と言った。

「感染症でないことは明らかなんだがな」

小諸がそう言うと、事務員は怖い顔で小諸を睨んだ。「まだ研修医のくせに」という心の声が聞こえた。小諸は諦めて待つことにした。

廊下のソファーで一時間ほど待たされ、当直医が小諸の前にやってきた。小諸は立ち上がる。

「とりあえず疑われる感染症は調べたが、すべて陰性だった」

小諸はそれを聞いて喜んだが、当直医はまだ怪訝な顔をしている。

「だが、まだ精密検査は必要だ。原因が特定できていない。おまえは帰っていいが、あまり出歩かないように謹慎してろ。おまえの指導医には私から伝えておく」

「わかりました」

小諸は表面上はそう答えたが、じっとしてなどいられるわけがなかった。小諸にはこれから大変な仕事が待っているからだ。

「事務員さん、タクシーを呼んでください」

「そちらにタクシー会社直通の電話がありますので、ご自分でどうぞ」

事務員はあからさまに小諸に冷たくなっていた。仕方なく小諸は自分で電話をかけた。タクシーは十分ほどで到着し、小諸は帰路についた。

翌朝、まだ誰も起きていないであろう早朝に、小諸は伊勢の宿舎へ電話をかけた。小諸は昨夜のゴタゴタで一睡もしていない。

『はい、伊勢神宮神職宿舎です』

若い女性が電話に出た。

「部屋番号はわからないんだが、杜野道子さんという、昨日入ったばかりの新人の女性に繋いでほしいのですが」

『失礼ですが、どちら様ですか?』

「小諸と言います。伝えてもらえばわかります」

『少々お待ちください』

電話は待ち受けの音楽がしばらく流れた。

『はい、杜野道子です』

道子は寝ぼけた声をしていた。

「小諸だ。どうしても訊きたいことがあって電話した。起こしてしまって申し訳ない」

申し訳ないと口では言いながら、小諸は早口でまくし立てるように言った。

『小諸さん? 昨日の今日でどうされたんですか? まだ修行は始まってもいないのに』

「あの白装束の男の居場所に心当たりはないか?」

小諸の威圧感のある物言いに、道子はすっかり目が覚めた。

『そんなこと、あなたのお得意な神様に伺うのが一番早いのではないの？』

「神様のような大きな存在が動けば、敵神に察知されて先手を打たれてしまう可能性がある。神様との付き合い方にも頭を使うんだ」

『そうなのね。あの男が所属している団体の本拠地は、確か杉並区よ。荻窪近辺だと思うわ』

「もっと詳しく。事情があって緊急なんだ」

小諸の切迫感が伝わり、道子の頭もようやく鮮明に働き始めたようだった。

『確か「ダンバラーの会」とか名乗っていたみたい。駅北口からはバスで少し行った所。豪華なお屋敷があるから、駅近くの交番で訊けば教えてもらえると思うわ』

「わかった。助かった。修行頑張ってくれ」

小諸に一筋の光明が差した様子だった。

『はい。お役に立てたのなら良かったわ』

そう言って電話を切った。

「さて、忙しくなるぞ」

小諸はそう言うと同時に体が動き始めていた。

その時、小諸の背後で大きく何かが光った。振り返ると、診察台のベッドの上に、眩しい光とともに素戔嗚尊が宙に浮いていた。角髪《みずら》を結い、無染色の生地の袍《ほう》に袴を身にまとい、腰の部分を麻縄で締めただけの簡素な衣服だった。

『敵陣に一人で乗り込むつもりか』

「は、はい。そのつもりですが」

『小諸はあの男に面が割れている。素直に入れてもらえるわけがなかろう』

「それはわかっています。できる限り変装するつもりです」

小諸は眼鏡を外し、髪をくしゃくしゃにしてみせた。

『甘い。それでは簡単に見破られる。瓊瓊杵尊に一旦離れてもらったとしても、小諸ほどの力を持っていれば、わずかでも能力者ならば気づかれてしまう。病院から連絡が行き、今、砕角の弟が向かって来ている。その男を使うのだ。その男も修験道の行者だが、砕角ほどの力はない。力がないほうが怪しまれずに済む』

「わかりました。病院へ行って頼んでみます。それで砕角は助かるのでしょうか?」

小諸が不安げに尋ねた。

『我が守護している限り、命に別状は無い』

「砕角はどこで呪詛をかけられたのでしょう。この医院にいたなら結界に守られていたはず」

『砕角は熊野にいた。小諸医院では結界があって入り込む隙はない。伊勢に同行できなかった砕角の、光留を守る念が仇となった。無事伊勢に到着できるよう、強く念じ過ぎたのだ。砕角は自分を守る力が弱くなっていたため、まともに呪詛をくらってしまった。砕角に宿っているのは我の分魂、本体ではない。砕角はてっきり本体の我がいる本宮大社へ助けを求めに来るとばかり思っていた。だが砕角の頭の中には小諸のことしかなかった。神よりも小諸を頼るとは、そなたらの絆には恐れ入る』

「それは私が医者だからではないですか？」

『これが病気でないことくらい、砕角も百も承知だ。高熱でふらふらしながら、苦手な電車まで使って小諸の元へ来たのだ。なので我がこの医院の結界に一時的に穴を開けて砕角を通した。この禍々しい呪詛を纏っていては入れないからだ』

「ありがとうございます。くれぐれも砕角をよろしくお願いします。それで私は何をすれば？」

小諸は頭を下げたまま上目遣いに素戔嗚尊を見る。

『砕角の弟が隙を作る。小諸が入り込める瞬間が必ずやってくる。敵はヴードゥー教の神、「ダンバラー」だ。中米ハイチに本拠地がある。ヴードゥー教では善神と悪神とがはっきりと分かれており、「ダンバラー」は善神に属している。決して悪い神ではない。白装束の男にその力だけを利用されているに過ぎぬ。「ダンバラー」は緑色の蛇の姿をしている。使役動物も蛇だ。この蛇はテトロドトキシンというフグと同じ毒を持っている。霊的な存在とはいえ、人間も噛まれれば死ぬ。それさえ十分に気をつければ良い。おまえに使役動物として日本の蛇神を百体つけてやる。蛇神の中でも位の高い金色の蛇神だ。蛇に対しては蛇が一番有効だ』

「ありがとうございます。私はハイチに出向いたほうが良いのでしょうか」

小諸は下げたままだった頭を上げ、素戔嗚尊に尋ねた。

『出向く必要はない。あの白装束の男がわざわざ日本に連れてきたのだ』

「ならば『ダンバラー』を宿しているのは一体誰なのですか?」

『現地から連れてきたハイチ人女性に憑かっている。だがその女性に罪はない。男が女性の呪術の力を利用するために操っているだけだ』

「瓊瓊杵尊様もおっしゃっていました。邪宗の神を宿した者ではなく、白装束の男から引き離せと」

　小諸は救急車の中で聞いた瓊瓊杵尊の言葉を思い返していた。

『我もそうは思う。その男からハイチ人女性を引き離し、女性を本国へ帰せば問題は無い。男さえ倒せば問題は無くなる。彼女は現地ハイチでは神として祀られている。本来は呪術の神ではなく、病気を治したり薬を調合することに長けた神だ。ハイチには彼女が必要なのだ』

「わかりました。ありがとうございました」

　そう言って小諸は深々と頭を下げた。すると光とともに素戔嗚尊は姿を消した。

「砕角の弟か。会うのは初めてだ。どんな男なんだろう。砕角と違って電車を使ってくれることを祈ろう」

　砕角の弟が到着するまでにはかなりの時間を要することが予測されるため、小諸は診察室の電気を消し、廊下を通って二階へ上がった。しばらく仮眠をとるつもりだった。

　その日の午後四時頃、小諸は電話のベルで起こされた。病院からだと、小諸の直感が働いた。

「はい小諸です」

『こちら総合病院救急病棟です。西田様の弟様が到着されました。小諸先生に来ていただきたいそうです』

「やっぱり本名は西田だったか。私の記憶は正しかった」

小諸は思ったことを、知らずに口に出していた。

『はい？』

「いえ、なんでも……。すぐにそちらへ向かいます」

小諸は電話を切り、急いで寝間着から洋服に着替えた。そして一階の診察室へ下り、今度は診察室の電話からタクシーを呼んだ。小諸は通常の通勤時には付近を走る路線バスを使っているが、本数が少なく、緊急の時はタクシーを使うようにしていた。

タクシーを待つ間、洗面台の鏡の前で髪に櫛を通し、ワックスを使って、いつもの七三分けをきれいに作った。そして丸眼鏡をかけて完成だ。

その時、ちょうどタクシーが到着し、クラクションが鳴らされた。

「はいはい、わかりましたよ。すぐに出ます」

小諸は外へ出て、玄関と門扉に施錠した。


総合病院に着くと、裏手に回り、救急外来口から病院内へ入る。

救急受付には、昨日とは違う事務員が座っていた。

「小諸先生、西田様の弟様は昨夜と同じ病室でお待ちです。担当医から一通り病状は説明済みです」

昨夜の事務員とは違い、物言いが穏やかで優しかった。

「ありがとう」

小諸はそう言って病室へ向かった。

「……ということは、まだ感染症が疑われたままなわけだ」

病室へ入ると、ベッドに横たわって目を閉じている砕角の傍らで、砕角の弟らしき男性が、マスクにゴム手袋をさせられて立っていた。男性は砕角よりかなり背が高く、体もがっちりしていて砕角とはまったく似ていない。顔は面長だがエラが張っており、全体的に四角い顔に見えた。共通しているのは、頭が白髪交じりの丸刈りだというくらいだ。

「小諸先生ですね。いつも先生のお話は伺っています。兄がお世話になっています」

男性はそう言って頭を下げた。男性は違和感のない普通の服装をしていた。

「いやいや、こちらのほうがいつも助けてもらっています」

小諸の目には、素直で真面目な好青年に見えた。青年とは呼べない小諸より年上ではあったが。そして、確かに霊的な力は男性から感じられなかった。

「先生、兄は病気ではないんですよね」

「さすが砕角の弟さん。わかっていらっしゃる」

小諸の口元が綻んだ。

「私は貴之《たかゆき》と言います。兄のお師匠様ですので、貴之と呼び捨てにしていただいて結構です」

貴之は兄の師匠に初めて会った緊張から、顔をこわばらせて言った。

「いやいや、あなたは私の弟子ではないので、貴之さんとお呼びしますよ。私より年上でもありますし」

小諸は貴之の緊張を和らげるようにそう言うと、手袋もしない手で砕角に近づき、額に手を当てた。

「熱が下がっていない。医師からはどんな説明を？」

「まだ精密検査が終わっていないので、病名はわからないそうです」

「わからないに決まっている、病気ではないのだから。ところで貴之さんに一役買っていただきたいことがあります」

貴之の顔がさらにきりっと引き締まった。

「何でしょう。兄を助けるためなら何でもします」

「それはありがたい。私と一緒に東京へ行っていただきたいのです。熊野の神様がお兄さんを守ってくださっているので、お兄さんに張り付いている必要はありません」

「東京ですか。こんな機会でもない限り行くことはないでしょう。ぜひお供します」

貴之は兄の役に立てる滅多にないチャンスを喜んでいるようだった。

「とある宗教団体に潜入して、情報を取ってきていただきたいのです」

「宗教団体ですか。胡散臭いですね」

「お兄さんを苦しめている張本人がいる団体です。私はわけあって潜入できないのです。あなたなら疑われずに潜入できるはずです。ちなみに、貴之さんは電車には乗れますか？」

「ははは、兄のせいですね。兄は親戚中でも変わり者として有名です。私は兄と違って常識人ですよ。電車にはよく乗ります」

貴之は高らかに笑って言った。緊張が一気に吹き飛んだ様子だった。

「それは良かった。では出発しましょう。タクシーで駅まで行きましょう」

「今すぐにですか？　もう時間も遅いですし、着いたら夜ですよ」

貴之は自分の腕時計を見て言った。

「それもそうか。明日にするか。それでは、今夜はうちに泊まってください。汚い所ではありますが」

「私も一応行者なので、どんな環境でも過ごせる自信があります。兄の着替えや日用品は看護師さんに渡しましたので、私の役目は終わりました。書類もすべて書いてきました」

「そうですか、ならうちへ行きましょう。弟さんだからこそ知り得る砕角の秘密を教えてください」

「兄のことは小諸先生のほうがお詳しいとは思いますが。私には兄のような特殊な力はありませんので」

「私は砕角の幼少期や学生時代のことは何も知りませんよ」

「そうですか。おかしなことばかりですよ。たぶん笑われると思います」

貴之は含み笑いをした。

「それは楽しみです」

小諸は受付に頼むことをわざと避け、タクシー会社直通の電話からタクシーを依頼した。

タクシーは五分ほどで到着し、小諸医院へと戻ってきた。

「随分と歴史のある医院なんですね」

貴之が小諸医院の門扉の前で、建物を見上げた。

「ものは言いようですね。古くさい、汚いと感じる人がほとんどです」

小諸は苦笑いをしながら門扉と玄関の鍵を開け、貴之を招き入れた。

「寝室は二階ですが、ここで食事でもしながらお話ししましょう。私は自炊をしないので、何かお好みの食べ物があれば宅配してもらいます」

「ピザでいいですよ」

「残念。ピザは私が食べられないんです。丼物などはいかがですか？　うな丼でもカツ丼でも何でもいいですよ」

「ならカツ丼をいただきます」

「それは意外でした。宗教上、獣肉は食べないのかと思っていました」

「修験道は他の宗教と違ってあまり教義が体系化されていないのです。確かに獣肉は食べないという人もいますが、人それぞれなんです」

「わかりました。注文がてらお茶を入れてきます」

小諸は貴之を待合室のソファーに座らせ、自分は診察室へ消えた。

一人ポツリと残された貴之は、テーブルの上に並んだ真っ黒い玉に、不思議そうに見入っていた。そしてその中の一つを手に取った。

「これは、ガラス玉？　いやスーパーボールにも似てるな。何でできてるんだろう」

興味を持った貴之は天井のライトにかざしてみて、思わず玉を投げ捨てた。中でうごめく生き物のようなモノが見えたからだ。

「何だこれ。気持ちが悪い」

玉は床を転がり、ちょうどお茶を持って出て来た小諸の足元へ届いた。

「これは私が封じた魔物たちです。あまり触らないほうがいいですよ」

「先に言ってください。触ってしまいました」

貴之は少し怒ったように言った。

「大した影響はありません。中の魔物は私にしか出すことができないからです」

貴之はほっと胸をなで下ろす。

「兄は魔物退治の専門家ですが、このような玉は見たことがありません」

貴之は改めて顔を玉に近づけて眺めた。小諸はお茶をテーブルに置き、床に転がった玉を拾う。

「砕角も玉を作りますが、いつも神様にお持ち帰りいただいているようです」

「小諸先生もそうなさったほうが良いのでは？」

「私にとっては、この玉も使い道があるんです」

小諸は拾った玉を大事そうに服でこすった。

「なら、せめて人目につかない所へ隠してください」

「そうしましょう。私にとっては貴重なコレクションなので」

小諸は真っ黒い布製の袋を取り出し、玉を中に詰め始めた。

「兄はこういう不思議体験を山ほどしてきたんでしょうね」

貴之には想像もつかないらしく、遠い目をしている。

「普通の人には不思議体験でしょうけど、私たちには日常なんですよ」

「私は兄みたいな能力を持たなくて良かったと思っています。精神的に、たぶん耐えられないと思います。兄は子供の頃から不思議なことばかり引き起こす問題児でした。一番強烈に記憶に残っているのは、家に代々続く大事な仏壇を破壊したことです。しかも木刀を使って徹底的に破壊しつくしました」

貴之は笑い話のように半笑いで言った。

「……今、砕角の意識に潜り込みました。その時の光景を辿って見ています。あ、この時か……」

小諸はうつろな表情で宙を見つめている。小諸の目にはぼんやりではあるが、カラー映像が見えていた。

「そんなことができるんですね」

貴之は不思議そうに、クルクルと細かく動く小諸の眼球を見つめた。

「仏壇に龍が棲みついています。これは自然龍の類いか。龍神ではないですね。破壊したくてしたのではありません。逆です。ご先祖様方を守るために、あえて壊したんです。仏壇は古くなると魔物が棲むようになります。建て替えさせたかったんだと思います」

「そうだったんですね。周りの大人たちは激怒して、兄に酷い折檻をしました。木にくくりつけられて酷く殴られていました。……兄はそんなことは一言も」

「言えないでしょうね。言っても誰も信じないでしょう」

小諸は引き続き眼球を動かし、折檻されて泣きわめいている少年の日の砕角を見ていた。

「それと、こんなこともありました。庭に生えていた大きな柿の木を、兄は根元からノコギリ一本で切り倒してしまったんです」

貴之は思い出をたぐり寄せるように眼球を左上に上げた。

「……それはこの時か、まだ小学生じゃないですか」

小諸は貴之と目線が合わないまま、悲しげな顔つきで言った。

「そうです。確か兄が五年生、私が二年生の時でした」

「柿の木のウロに狐が棲んでいました。動物の狐ではなく、魔物の狐です。砕角は追い払おうと必死に頑張りましたが、木を切り倒すしか追い払う方法がないと思っていたんです。魔物が棲みついた木は毒素を出して、なった実が人に害を与えます。それを食い止めたかったのでしょう」

小諸は眼球の動きを止めずに言った。

「そうなんですね。すべてにきちんとした理由があったのですね。私はただのいたずらだとずっと思っていて、それで笑い話になると申し上げたんです」

貴之は罪悪感を感じると同時に、兄が可哀想でしかたがなくなった。

小諸は徐々に目の焦点が定まり、貴之と視線が合った。

「ふう、これをやると疲れるんです。砕角も今頃、夢の中で追体験しているはずですよ。いやな夢を見させてしまいました」

小諸は一仕事を終えたかのように肩の力を抜いて一息ついた。

「中学卒業とともに家を飛び出した理由もわかった気がします。家族の中では兄の理解者がいなかったからなんですね」

貴之は兄を一層愛おしく感じるようになっていた。

「山野を駆け巡って、野生児のような生活をしている時、熊野の神様に拾われたんです。つまり私に出会った。そこからは私も聞いてよく知っています」

「もう十年以上前の話ですが、兄がひょっこり家に帰って来た時、小諸先生に出会ったんだと聞かされました。一番の理解者に出会えたと幸せそうでした」

そう言いながら、貴之も幸せそうな顔つきになった。

「それも熊野の神様が仕組んだ出会いだったんです。私に出会っていなければ、砕角は野垂れ死にしていたことでしょう。顔も手も泥だらけで、服はボロボロでした。私でなかったら近づくにも警戒したことでしょう。その時まだ私は医大生でした。本宮大社にお参りして、熊野古道を散策していて突然出くわしたんです。会っていきなり土下座されて、弟子にしてくださいと頼まれました」

「命の恩人だったんですね。兄を助けてくださってありがとうございます。小諸先生に出会った時は、雷に打たれたように体がビリビリ震えたそうです」

その時、玄関の呼び鈴が鳴り、カツ丼が到着した。

「貴之さん、受け取っておいてください。常連なので代金はツケで大丈夫です。私はインスタントの味噌汁を作ってきます」

貴之は玄関へ向かい、小諸は診察室へ消えた。

翌朝、貴之が目を覚ますと、隣のベッドに寝ているはずの小諸の姿はなかった。時計を見ると、まだ五時すぎで、窓の外は薄暗かった。貴之が起き出して一階の待合室へ行くと、テーブルの上には朝食の準備がなされていた。

「小諸先生は自炊しないのでは？」

貴之は、小諸にはとても似つかわしくない典型的な朝食の風景に驚いた。

「自炊と呼べるかどうか。久しぶりにご飯を炊きました。おかずはハムエッグと明太子だけですよ。味噌汁はインスタントです」

「ありがとうございます。こんなこと、想像もしていませんでした」

「もし砕角がいてくれたら、野菜の煮物とか漬け物とか煮魚とか、豪華な食事になるんですが」

小諸はそう言いながら、砕角の作る食事が恋しくなっていた。

「昔から兄はマメな人でしたから。それにとても手先が器用なんです。おまけに裁縫や編み物までできて、私のために手作りしてくれた物も数知れません」

貴之の自慢げな様子から、砕角を誇りに思っていることがうかがえた。

「時間はたっぷりあります。ゆっくり召し上がってください」

「じゃあ、遠慮なくいただきます」

小諸はテーブルに肘をつき、自分は手を付けずに貴之の食べっぷりをしばらく眺めていた。久しぶりに他人に手料理を振る舞えたことが嬉しかった。昨夜の食事で、貴之の豪快な食べっぷりを見てとても気に入っていたのだ。

「とてもおいしいです。自炊しないなんてもったいない」

貴之は嬉しそうにご飯を掻き込む。

「今日の予定なんですが、敵の本拠地は、知り合いからの情報と、私のアンテナを駆使して場所が特定できたんです。食べ終わって一休みしたら出掛けましょう」

「いよいよ乗り込むんですね。なんだかわくわくしてきました」

貴之は食事の手を止めずに言った。口から時々ご飯粒が飛び出している。

「それは意外でした。もっと怖がるかと思っていました。さすが砕角の弟さん」

そこでようやく小諸も箸を取って食事を始めた。

「小諸先生が守ってくださると信じていますから」

貴之は手を止めないまま小諸の目を見て、確信を持ってそう言った。

「敵の使役動物は毒蛇です。ですが、こちらには百体の金の蛇神がついています。私が守るというよりは、熊野の神様が守ってくださるんです」

「まずは私が入信すればいいんですよね。動機はどうしましょう」

貴之はそう訊きながらも不安な素振りは一切見せなかった。

「近所に住んでいてずっと気になっていたとか、体験入信できますかと、無難に言ってみてはいかがでしょう」

「そうします。相手は能力者なんですよね。私が小諸先生の使いだと疑われないといいですね。十分気をつけますが」

「あなたからは能力者のにおいがしません。大丈夫でしょう。まずは白装束の男にできるだけ接近してください。それで、外へ出掛ける素振りがあったら私が飛び込みます。白装束の男は大物ではありません。奴に利用されている可哀想なハイチ人女性を私が連れ出します。彼女を飛行機に乗せて故国、ハイチに帰せば任務完了です。あ、ご飯のお代わりをお持ちしましょう」

小諸はそう言って貴之から茶碗を受け取った。

「わかりました。頑張ってみます」

貴之のその言葉を聞き、安心した様子で小諸は茶碗を持って診察室へ消えた。

五

二人は特急列車と快速電車を乗り継ぎ、荻窪駅へ降り立った。朝早く出発したおかげで昼前には辿り着けたが、快速電車では通勤ラッシュに巻き込まれ、もみくちゃにされた。天気は快晴で、気温は低かったが春の日差しが心地よかった。

駅からはタクシーに乗り込んだ。住所はわからないので、小諸が「そこを右」や「そこは左」などいちいち口頭で運転手に指示した。

降り立ったのは、二階建ての豪華な屋敷の前だった。表札はなく、相手が誰だかもわからないまま、貴之はインターホンのボタンを押した。小諸は少し離れた場所から様子をうかがった。小諸の目には、門の前に緑色の大蛇が家を守っているのが見えていた。

玄関から姿を現したのは、紺色の作務衣を着た若い女性だった。貴之が何をしゃべったのかは聞き取れなかったが、すんなり中へ入れてもらえた様子だった。

「中を探りたいが、透視をしたら勘づかれてしまう。もどかしいな」

『先生、私が見ていましょう』

どこかから砕角の声が聞こえた。

『こんなに離れた距離からだったら、気づかれても問題ないでしょう。先生はもっと離れてください』

砕角は山梨の病室から小諸に意識を飛ばしていたのだ。

『私が貴之を見張ってみます』

「砕角、体は大丈夫なのか？」

宙を見つめる小諸には、山梨の病床にいる砕角の顔がぼんやり見えていた。

『体は大丈夫じゃありませんが、意識はクリアです。ベッドに寝たままでも力は使えます。こんな状態でも、先生と貴之を放っておけるわけがないではありませんか。ずっと追いかけていました』

「くれぐれも慎重にな」

小諸はもう一つ手前の電柱へと屋敷から離れた。

『赤絨毯が敷かれた直線の通路の先に、白装束の男がいます。貴之は女性に連れられて、通路を通って男に近づいています』

「砕角、念が強すぎる。もっと落としても私ならキャッチできる」

小諸は、すぐそこに砕角がいるかのように手で押しのける動作をした。

『わかりました。あ、男が何かしゃべっています。靄がかかったようでよく見えませんが、歓迎されている様子です』

「弟さんの顔が砕角に似ていなくて良かったな」

小諸は緊張が少し解けたように半笑いで言った。

『どういう意味ですか。悪い意味にも聞こえます』

「敵にばれなくて、という意味だ。砕角のほうが男前だと思ってるよ」

『あ、大きな甕《かめ》が運ばれてきました。中に使い魔の蛇がうじゃうじゃ入っています。貴之が敵でないことを確かめる儀式のようなものでしょう』

「砕角、もう少し意識を離すんだ。気づかれるぞ。もっと遠目でいい」

小諸はまたも、砕角を手で制するような動作をした。

『貴之が甕の中へ手を入れました。貴之には蛇が見えていないんです』

「見えていなければ合格ということだ。見えていたら手なんか突っ込めない。それに蛇は噛み付いていないようだ。私や砕角だったら一発でアウトだな」

『貴之の頬に、作務衣の女性がキスしました。おめでとうと言っているみたいです。貴之には何のことやらわかっていないと思います』

「早くハイチ人女性に会わせてもらえないものかな」

小諸はじれったい様子で、何度も体が電柱から出そうになった。

『その部屋にはいないみたいです。おっと、もっと奥の部屋へ連れて行かれるようです。ひょっとすると……です』

「ハイチ人女性がいたか？」

小諸は我慢できずに体半分、電柱から出ている。

『ダメです。白装束の男は騙せても、あの女性は神憑《が》かりです。私がこれ以上追うのは危険です。たぶん気づかれてしまいます』

「そうか、あとちょっとだったのにな。だがまだチャンスはある。焦らないでチャンスを待とう」

小諸は自分の胸に手を当てて落ち着かせ、また電柱の陰にすっぽり収まった。

それからしばらく経って、貴之だけが玄関から出てきた。

「うわっ！　全身蛇だらけだ」

小諸が電柱の陰から思わず叫んだ。貴之の全身を覆うように、無数の蛇が貴之の体にまとわりついている。

『守護を付けたつもりなんでしょう。このままでは貴之に悪い影響が出てしまいます』

「払うのは簡単だが、払われた経緯を疑われてしまうな。あ、白装束の男も出てきた。どこかへ連れて行く気だ」

小諸はすぐにでも飛び出して行きたいはやる気持ちをぐっとこらえた。

『貴之は私が追います。先生は今のうちに屋敷内へ。広間左手の奥のドアです』

幸い、二人は小諸が隠れている電柱とは反対の方向へと歩き出した。

「ちょっと待て。もう少し遠ざかってからだ」

小諸は電柱の陰から二人が目視できなくなるまで待った。

「よし、今だ」

小諸は飛び出し、門の前まで来た。恐ろしい緑色の大蛇が小諸に牙を剥く。小諸は右手を伸ばし、手のひらを目一杯広げた。すると小諸の右手から、負けないくらいの大きな金色の蛇が飛び出し、緑色の蛇と絡まり合った。

「頼みましたよ、金蛇様」

小諸は蛇たちを横目に、門を開けて玄関へ向かう。

玄関を開けると、広間の床を埋め尽くすように大量の緑色の蛇がうごめいていた。

「さすがに私が来たら警戒されるか。予想通りだ」

小諸は先ほどと同じように、右手を床へ向け、次々に金蛇を放った。金蛇は次から次へと緑色の蛇を頭から呑み込んでいき、あっという間に緑色の蛇は数が減っていった。

小諸は蛇がいなくなって空いたスペースを余裕で通りながら奥のドアまでやってきた。

「神気を感じる。やはりハイチ人女性は魔術師でも祈祷師でもない。神憑かりだ」

小諸がドアを開けると、意外にも狭い空間で、鮮やかな色柄の円形の絨毯の中央に、その女性はいた。上半身は裸で、あぐらをかき、胸の前で両手を合わせて目を閉じている。

小諸が目の前へしゃがむと、女性はゆっくり目を開けて小諸と視線が合った。

「Qui êtes-vous ?（あなたは誰？）」

「しまった！　フランス語だ、話が通じん。ハイチはフランス語圏だったか。しかたない、念で話してみよう。『あなたのお名前は？』」

『私はローザ、あなたは？』

『私は小諸といいます。こ・も・ろ、口に出してみて』

「こ・も・ろ？」

『そうです。それが私の名前です。あなたは利用されている。ハイチへ帰ったほうがいい』

小諸は優しく諭すように念じた。

『ハイチは危険な場所。ここにいれば安全。世話してくれる人たちも大勢いる』

ローザは不安そうな顔になった。

『ならば、あなたに憑かっている御神霊、ダンバラーに尋ねてみるがいい。あの白装束の男の正体を知っているはずだ』

しばらくの沈黙があった。

『ダンバラーはおっしゃった。あなたは敵ではない。敵は白装束の男だと』

ローザの表情がだいぶ和らいだ。

『ならば、蛇攻撃はダンバラーではなく、あなた自身がやったことなのか』

小諸は床を這う緑色の蛇の残党を指差して言った。

『私はダンバラーがいなくても蛇を操れる。蛇は裏切らない』

『何かに裏切られた経験があるのですね。ダンバラーは、私のことを敵ではないとおっしゃいました』

『あなたを信じる。白装束の男は信じない』

「やっと話が通じた。『とにかく私の知人にかけた呪詛を解いてほしい』」

小諸は懇願するように強く念じた。

『簡単には解けない。儀式が必要』

『じゃあその儀式とやらをやってくれないか』

ローザは小諸がやったのと同じような動作で、右手の手のひらから鮮やかな緑色の巨大な蛇を出した。そして床に置いてあったワイヤレスのイヤホンを両耳に差し込んだ。そのイヤホンから、太鼓の音が小諸にも微かに漏れ聞こえてくる。

「時代も変わったものだな」と小諸は思った。

『この蛇が、呪詛をかけられた人の元へ、呪詛を解きに行く。あなたの導きが必要』

ローザはそう言うと、蛇に向かって右手を出し、上に向ける動作をした。すると蛇はふわっと宙に浮いた。

『そうか、ならまずは砕角だ。私の意識に乗って付いてきてほしい』

小諸の意識が肉体を離れ、山梨にいる砕角の元へ飛んだ。

時間は一瞬であり、あっという間に砕角の肉体の元へ蛇を連れてきた。

『砕角は貴之さんの所へ行ったままだ。肉体しか無い。肉体だけでも呪詛は解けるか』

小諸は不安げに蛇に尋ねる。

『解ける』

蛇がローザの意識から答えた。

すると蛇は砕角の肉体へ入り込み、二、三分で出てきた。

『呪詛は解けた』

蛇がそう言うと、高熱と発疹で紅潮していた砕角の顔色がどんどん元へ戻っていった。

『ありがとう』

小諸は思わず蛇に向かって両手を合わせた。

そうしてまた一瞬で荻窪の屋敷へ戻ってきた。

「さて、どうやって連れ出すかだな。『私と一緒に来てください。パスポートはお持ちですか？』」

小諸はローザに向かい、両手の人差し指でパスポートサイズの四角を宙に描いた。

『白装束の男が持っている。私は持っていない』

小諸は固く目を閉じ、胸の前で両手を組み、瓊瓊杵尊に問いかけた。

急に目の前に現れた見知らぬ日本の神を見て、ローザは目を丸くした。

「ハイチ大使館を探してください」

『西麻布四丁目にある』

「西麻布四丁目ってどこだ？　わからんからタクシーの運転手に任せよう。ありがとうございました」

小諸は目を開けて、組んでいた手をほどいた。

『大使館の場所がわかった。これからあなたをそこへお連れします。きっと助けてくれますよ』

小諸はローザの腕を半ば強引に掴んで立たせ、自分が着ていたコートを脱いでローザに着せた。そして ドアを開けると、広間には紺色の作務衣姿の若い男女が五、六人待ち構えていた。小諸の目には、全員が蛇の顔に見える。完全に蛇に体を乗っ取られているのだ。

「くらえ！」

小諸はまたしても右手から金蛇を出し、彼らにぶつけた。人間さえも、金蛇は頭から呑み込もうとし、皆もがき苦しんだ。

「これはさすがにやりすぎか。だが緑色の蛇さえ食べ尽くせば我に返るだろう」

小諸はローザを連れて通りまで出て、タクシーを拾った。

「西麻布四丁目のハイチ大使館まで」

小諸はそう口にしながらも、西麻布四丁目など見当もついていなかった。

「何か事件ですか？　女性が怯えているようですが」

運転手がいぶかしげに訊いた。

「悪い男に監禁されていたんだ。だが本人はフランス語しか話せない。大使館に助けてもらうしかないんだ」

小諸はわざと緊迫感を演じて言った。

「わかりました。急ぎます」

　運転手は車を急発進させた。

『砕角！　そっちはどうだ。こっちはうまくいった。おまえにかけられた呪詛も解いた』

　小諸がまた宙を見つめると、ぼんやりと砕角の焦った顔が見えた。何事かが起こっているると小諸は感じ取った。

『こっちは大変なことになっています。あの荻窪の豪邸は住まいに過ぎませんでした。別に教会があるんです。そこで貴之が祈祷を受けています。洗脳されてしまうかもしれません』

『貴之さんに少しでも能力があれば、離れていても救えるんだが』

　小諸は拳を握り、悔しさを噛みしめた。

『私も必死に貴之に働きかけているんですが、まったく通じません』

『熊野の神様に助けを乞うんだ。なんとかしていただけるかもしれない。白装束の男のバックにはもうダンバラーはいないんだ』

『熱誠祈願してみます。また連絡します』

タクシーはかなりの距離を走り、都心に入ってからは混雑もあり、メーターは一万円ほどになっていた。車窓からは夕日が差し込み、日暮れが近いことを告げていた。

大使館前に到着し、小諸は高額な運賃を払い、ローザとともに降りた。そしてインターホンのボタンを押した。

『はい、どちら様でしょうか』

「良かった、日本語だ。ハイチから騙されて日本に連れて来られた女性を保護しました。本人はフランス語しか話せません。助けてあげてください」

『それは大変だ。今ドアを開けます』

二人は大使館内に入った。ローザは別室に連れて行かれ、理事官のハイチ人男性とフランス語で何やら会話している様子だった。小諸はソファーに案内されて腰掛けた。小諸の前に座ったのは、小太りで薄毛の白人男性だった。

「私はこの大使館で書記官をしているジェルメール・デュボアと申します。あなたはどちらの方ですか？」

「私は山梨の総合病院で勤務医をしている小諸と申します。とある事情で、ハイチでは普通に行われている呪術を操る男に出会ったんです。その男をよく調べてみたら、彼女に行き当たったというわけです。彼女は悪い男に利用されていただけなんです。パスポートも男に奪われています」

「その男の素性はわかりますか？」

「わかりません。でも住んでいる場所は突き止めました」

「では、わかる範囲でその男の情報を書いてください」

小諸は紙とペンを受け取り、住所の代わりに荻窪駅からの地図を描いた。そして、あとは六十代男性、色黒で全身真っ白な神主衣装を着ていることなどを書いた。

「このことは日本の警察にも報告します。よろしいですね」

「よろしくお願いします」

小諸は深々と頭を下げた。

「念のため、あなたのお名前とご住所、電話番号をお書きください。差し支えなければ勤務先の情報も」

小諸は言われた通り、包み隠さずすべて正直に書いた。

「そうか、警察を使うという手もあったな。貴之さんを保護してくれるかもしれない」

小諸には、一筋の光明が差した気がした。

しばらくして、制服姿の二人の警察官が大使館へやってきた。ベテランと新人、そんな印象のコンビだった。

「事情はすべて聞きました。失礼ながら、あなたの勤務先の病院に確認をとり、あなたの身分証明もできました。お医者さんなんですね」

若いほうの警察官が言った。

「それで、あなた方にお願いがあります」

小諸は立ち上がり、若い警察官と目線が合った。

「何でしょう」

警察官の顔が急に引き締まる。

「あの白装束の男は自宅の他に、教会も持っているんです。その場所を突き止めて、私の知人、西田貴之さんという男性を保護していただきたいのです」

「その男性の特徴は？」

「紺色のコートに紺色のズボン、四十歳くらいで白髪交じりの丸刈りです。背が高くてがっしりとした体格です」

小諸は身振り手振りを交えて貴之の特徴を伝えた。

「詳細な情報をありがとうございます。これだけ情報があると捜しやすいです。ただ、宗教団体となると話は複雑です。公安の力を借りなくてはなりません」

警察官が厳しい表情になった。

「ぜひお願いします。洗脳されそうになっているんです」

小諸は頭を下げた。

警察官は詳細にメモを取り、大使館を去った。

小諸は頭の中で、「熊野の神様、警察官たちを導いてください」と祈った。

「小諸さん、ちょっとよろしいですか」

ローザと話していた理事官が小諸の前に立った。

「彼女自身がハイチへ帰りたくないと言っているんです。治安が悪いからだそうです」

「ですが、日本には彼女を操って悪用している悪い男がいるんです。そいつが捕まらない限り、日本にいても彼女は危険です」

小諸は必死の表情で訴えかけた。

「彼女は日本の心地よさに魅了されているんです。人がみな親切で、街が清潔だと言っています」

「私から話してみます」

「でも、あなたはフランス語が話せないのでは？」

理事官はキョトンとした表情で言った。

「言葉ではなく、念で話すのです。信じられないでしょうが、黙って見ていてください」

小諸はローザがいる別室へ入り、ローザの真正面に座った。

『あなたのお気持ちは理解しました。問題はとにかくあの白装束の男です。あいつのことはあなたが一番詳しいはず。捜すのに協力していただけますか？』

小諸は優しく念じた。

『ダンバラーに尋ねてみる。……私のいた場所からそう離れていない。たぶん、ア、サ、ガ、ヤという所の教会にいる』

『阿佐ヶ谷か。すぐに警察に連絡して場所を特定します。男が捕まっても、あなたはハイチへ帰ったほうがいい。ハイチの人々がダンバラーを必要としています。あなたでないと風土病が治せないと、ダンバラーに伝えてください』

『……ダンバラー言った。ハイチへ帰ったほうが良いと』

『今のことをそのまま、あの理事官に伝えてください』

小諸は部屋を出て理事官に言った。

「彼女の気持ちが変わりました。ハイチへ帰る意志をもう一度確認してください」

理事官はあわててローザの元へ戻った。

「それと、すぐに警察へ連絡を。教会は阿佐ヶ谷にあるそうです。『ダンバラーの会』と名乗っているはずです」

「おージーザス！　あなたもシャーマンだったのか！」

書記官のデュボアが驚いていた。そしてすぐに受話器を取り、警察へ連絡していた。

デュボアは電話を切ると、また小諸の目の前に座り、身を乗り出して小諸に接近した。

「非科学的と言われていますので公にはしていませんが、実はハイチではマフィアも警察官もみな呪術を信じています。富裕層などはお抱えの呪術師を囲っている人が何人もいます。より能力の強い呪術師を奪い合うことすらあります。呪詛対呪詛返しということが日常的に行われているんです。ぜひ一度ハイチへお越しください。あなたほどの能力者なら引っ張りだこだと思いますよ。国を挙げてあなたを歓迎します」

デュボアは両手を広げ、満面の笑みを見せる。

「それは謹んでご遠慮申し上げます。私は日本のことで精一杯ですから」

小諸は恐縮するように手のひらを向けて拒んだ。

「今回のことで、ハイチという国に興味を持たれたかもしれませんが、特に歴史などはお調べにならないほうがよろしいと思いますよ。目を覆いたくなるような暗黒の歴史しかありませんから。白人の私からはとても言えないことばかりでして」

そう言ってデュボアは目を伏せた。

そこへ理事官が戻ってきた。

「あなた、すごい、彼女に何を伝えたんだ。言っていることが百八十度変わった」

理事官は驚愕していた。

「ハイチにはどうしてもあなたが必要だと伝えただけです。それに、日本にいたらまたあの白装束の男みたいな妙な輩にいつ出くわすかもわかりません。日本には呪術を操れる人間などほとんどいませんから」

「それは残念。しかし、あなたみたいな人が日本にいたこと、それが奇跡です」

理事官は目を見開き、両手を広げて感激していた。

そこで電話が鳴り、デュボアが慌てて受話器を取る。

「はい、おーメルシー。ウィ。ムッシュ小諸、警察の方があなたに用があるようです」

小諸が立ち上がって受話器を受け取った。

「小諸です」

『阿佐ヶ谷署に動いてもらい、教会の場所はすぐに特定できました。ですが、教祖の男が令状を持ってこいとごねています。あなたが白装束の男と呼んでいた男は、本名、高木裕一郎《たかぎゆういちろう》という男でした。信者から多額の寄付を受け、教団を維持しているようです。西田という男性も中にいるようです。令状を取るには被害者の女性の証言が必要です。拉致監禁罪が適用できるかどうかがかかっています。警察内にもフランス語を話せる署員がいますので、すぐそちらへ向かわせますね。「ダンバラーの会」は宗教法人として認可されていないので、税制上でも問題ありと踏んでいます。これから税務調査も入る予定です。ひょっとすると入管法にも引っかかるかもしれません。パスポートが偽造された疑いがあるのです』

「ありがとうございます。よろしくお願いします」

そうして小諸はほっと安心した様子で電話を切った。

「高木裕一郎か、ふさわしくない名前だ」

「高木というのが犯人ですか？」

デュボアが興味津々で訊く。

「そうです。彼女の呪術を悪用していた張本人です。ここへ、これからフランス語が話せる警察官が来ます。彼女から証言を得たいそうです」

「彼女が証言してくれるよう、あなたからももう一度彼女に伝えてもらえませんか」

「わかりました」

小諸はもうローザを説得できる自信を持っていた。

小諸は再び別室へ入り、ローザの目の前に座った。

『これから警察官があなたに質問をしに来ます。あの白装束の男に無理やり連れて来られ、監禁されていたと証言してください。でないとあの男を捕まえられないのです』

小諸はローザの手を握り、優しく諭すように念じた。

『わかった。無理やり連れて来られたのは事実。行き先さえ聞かされていなかった』

ローザは笑顔になり、すっかり小諸に心を開いた様子だった。

『ありがとう。これであの男は終わる』

小諸はローザに笑顔を返し、元の部屋へ戻った。

「私は西田貴之という拉致されている男性の救出に向かいます。あの高木という男は能力者です。警察官に被害が及ばないよう対処しに行きます」

「警察官相手でも力を使うというのですか？」

デュボアは信じられないという顔で尋ねた。

小諸には、まだ緑色の蛇の残党がいる様子が見えていた。ローザの力を利用しているうちに、高木にも蛇を扱える能力が備わっていたのだ。

「高木の操る蛇の毒は人間を殺すんです。高木はいざとなったら警察相手でも毒蛇を使うでしょう。幸い私には対処法が授けられています。それに、捕まっている西田貴之という人は、私にとって大切な人の弟なのです。無事救出されるよう手伝いたいのです」

「わかりました。彼女のことは私たちと警察に任せてください。もう外は暗いです、お気を付けて」

デュボアは立ち上がり、日本式に深い礼をした。

デュボアが言った通り、外はもう暗闇だった。小諸は苦虫を噛み潰したような表情で通りへ出て、タクシーを拾った。来た時の高額な運賃が頭に浮かんでしまうからだ。コートをローザに渡してしまったため、寒さが身に染みた。

「お客さん、ここから阿佐ヶ谷までなんて相当かかりますよ。地下鉄を使ってＪＲに乗り換えてはいかがですか？」

運転手は小諸へ振り返り、半ばあきれ顔で言った。

「東京のことは正直、右も左もわからないんだ。東京の地下鉄は迷路だ。乗り換えで間違って時間のロスもしたくない。地元のタクシー運転手さんのほうが、地下鉄より信用できる」

小諸は真剣だった。運転手に拒否されたらなす術がないからだ。

「こっちは商売なんで、ありがたいですが」

小諸とは対照的に、運転手は上機嫌になった。

「だからできるだけ急いでくれ。頼む」

小諸はわざと焦っているように言った。

「わかりました。超特急で参ります」

小諸はまた高額な運賃を支払い、阿佐ヶ谷駅前へ降り立った。そして、緑色の蛇の気を探した。

「警察があんなに早く見つけられたんだから、必ずわかりやすい場所にあるはず……あ、そうか、蛇に対しては蛇だ。金蛇様に探してもらおう。においで辿れるかもしれない」

小諸はまた右手の手のひらを大きく開き、金蛇を出した。

「金蛇様、敵の蛇のにおいを追ってください」

金蛇は体をくねらせながら道路を這い、小諸を導いた。

そして細い路地を五、六分ほど歩いた所に、教会らしき建物が見えた。見た目は完全にキリスト教の教会を装っており、屋根には十字架も載っている。

「キリスト教徒たちの祈りの念が残っている。使われなくなった教会を高木が利用したんだな。……そうか、間違って入ってきたクリスチャンたちを勧誘して信者に引き込んでいたんだ」

　小諸は教会の十字架を見上げながら、一人で頷いた。

　門の前には警察官が二人立っており、門から二、三メートルほど離れた玄関先では私服警官と信者の誰かが口論をしている様子だった。小諸は門の所にいる制服警官に声を掛けた。

「被害者のハイチ人女性を保護した小諸です。中で何か揉めているようですが」

「今、玄関の所にいるのは公安部の刑事です。中に入れてくれるよう説得している最中です」

「警察官に被害者は出ていませんか？　毒にやられたような」

　警察官は驚いたような顔で小諸を見た。

「なぜご存じなのですか？　確かに、最初に駆けつけた警察官二人が原因不明の意識障害で救急搬送されました」

「やっぱり。原因はテトロドトキシンという毒だと搬送先の病院に伝えてください」

　小諸は自信満々に言った。そうしないと信じてもらえないからだ。

「なぜそんなことが……」

警察官は半信半疑だった。

「毒蛇にやられたんですよ。私を通してもらえませんか。解決しておかないと、あの刑事さんたちも危険ですよ」

「は、はぁ……」

警察官たちに有無を言わさず、小諸は門の中へ入っていった。

「やっぱりな。こいつは蛇に乗っ取られている」

小諸は玄関から顔を出している信者を見て言った。

そして小諸を案内してきた金蛇がスルスルと玄関から中へ入り込み、中の蛇と戦っている様子だった。

「応援部隊よ、行け！」

小諸はさらに右手のひらから複数の金蛇を放ち、建物内へ送り込んだ。

「ぎゃっ！」

玄関で刑事たちと揉めていた男も苦しみ始めた。

「ど、どうした、何があった？」

刑事たちは不思議そうに、もだえ苦しむ男を見ていた。男にも金蛇が襲いかかったのだ。

「な、何だかわからんが救急車を！　中でも信者たちがみな苦しみ始めた！　本当にわけがわからん」

刑事たちは何もすることができず、その場に立ち尽くすしかなかった。令状もなく、建物オーナーの高木の同意がないと刑事たちは中へ入ることができないのだ。

門の所に立っていた制服警官たちが無線で連絡し、救急車を要請した。

「救急車は必要ないと思いますよ。金蛇たちは強いですが毒はありません。敵の蛇さえ殺せば戻ってきます」

小諸は理解されないことをわかった上で堂々と言い放った。

「なんだこの男は？　どうして通した」

制服警官たちは説明できるはずもなく、お互い顔を見合わせて、ただおろおろたえるばかりだ。

「君は何者だ。さっきから何を言っているのかさっぱりわからんぞ」

「被害者のハイチ人女性を助けたただの医者です」

小諸は自信たっぷりに躊躇なく言った。

「ハイチ大使館へ確認を取れ。この男の言っていることが本当かどうか」

「はい、只今」

制服警官は慌てて無線で本部へ確認を取ったあと、

「小諸先生ですね」

と言った。

「そうです」

「間違いありません。この方は本当に被害者を助けた功労者です」

「君が来た途端に信者たちが苦しみ始めたのはどういうことだ」

私服警官はまだ小諸を不審な目で見ている。

「それは説明してもご理解いただけないでしょう。今、ハイチ大使館でフランス語が話せる警察官が被害女性から事情を聞いています。確認が取れ次第、令状が下りることでしょう。それと、救急車はキャンセルしたほうがいいと思いますよ。一通り苦しんだら、みな正気に戻りますから」

小諸の言った通り、しばらくすると信者たちの苦しみは治まり、そのあとはただ呆然と立ち尽くして、何が起こったのか理解できない様子だった。

その様子を隠れて見ていた高木がさすがに異変を感じ取り、玄関先へ出てきた。

「お、おまえはあの時の！」

高木が小諸を見て言った。

「私の大事な蛇たちがいなくなってしまった。おまえの仕業か！」

高木は怒って声を荒らげる。

「もうあの女性はおまえの味方ではなくなった。ダンバラーの力は使えないぞ」

小諸は怒っている高木に、冷静に淡々と言った。

「くそーっ、警察の野郎ども、好きに中へ入るがいい。もう私にはなすすべがない」

警察官たちとともに、小諸も中へ入った。一番奥の壇上に、貴之は立っていた。

小諸はすぐに貴之の元へ駆け寄る。

「貴之さん、大丈夫ですか？」

「この通り何の異常もありませんよ。洗脳されたとでもお思いですか？　私の身近にはすごい能力者が二人もいるのですよ。先生たちを信じている限り、洗脳なんてされるわけがありません。面従腹背を貫き通しました」

貴之は自慢げにそう言った。

「さすが意志がお強い。良かった。これもすべて熊野の神様のお導きです。感謝をせねば」

「感謝はしていますが、私には念の力がありません。熊野へ帰ってから本宮大社へお礼参りに伺います」

「それがいい。砕角も無事救われた。今頃ピンピンしているはずだ」

そして高木は警察官たちに促され、警察車両でどこかへ連行されていった。

「高木という男には余罪がたくさんありそうだ。わけのわからないことが山積みだが、あなたのおかげで確保できた。ご協力感謝します」

私服警官が態度を変えて小諸に言った。

警察官たちと一緒に小諸たちも外へ出て、帰路についた。外はだいぶ冷えており、小諸は震えた。

「私のコートをお貸ししましょうか。私は行者なので寒さには慣れています」

貴之は心配そうな顔で、すでに自分のコートを脱ぎかけていた。

「いやいや……ハックション！」

小諸は大きな音を立ててくしゃみをし、鼻水を垂らしていた。

「ほら言わんこっちゃない。これを着てください」

貴之は自分のコートを脱いで小諸に着せた。

「ありがとう。実は辛かったんです。さあ、とりあえずは山梨へ向かいましょう。砕角を連れて熊野に帰ってください」

小諸は晴れやかな顔で帰り道を指差した。

「本当にありがとうございました。今回は先生が獅子奮迅の活躍をしてくださいました」

貴之は改めて体を小諸に向け、頭を下げた。

「いやいや、こちらこそ感謝していますよ。あなたがいなかったら成功していませんでした」

小諸も貴之に頭を下げた。

二人は阿佐ヶ谷駅へ戻り、中央線快速の下り電車に乗り込んだ。まだ帰宅ラッシュの時間帯で電車は混んでいた。そして高尾駅まで行き、普通列車へ乗り換えた。

六

「まだ退院できない？　こんなにピンピンしているのに？」

　砕角が運び込まれた時の当直医で、そのまま担当医になった医師に、小諸が食ってかかった。

「今回はたまたま本人の抵抗力が打ち勝っただけだ。細菌もウイルスも特定できていない」

「それは感染症ではなかったからです。最初からそう言っているでしょう」

「なぜおまえにそんなことが言い切れる」

「彼とは十年以上の付き合いなんです。それに私だって医者のはしくれです」

　小諸のあまりの勢いに担当医がひるんだ。砕角が、

「小諸先生、私は構いませんよ。担当の先生のお気が済むまで検査してもらいましょう。貴之は小諸医院に泊めてやってください」

　と、諦め顔で言う。

「ただ私の意識に入り込むのはもう勘弁してください。おかげで忘れようと頑張っていた思い出の悪夢三昧でした」

「それはすまん。私の知らない砕角の過去に興味があっただけなんだ」

「興味本位で過去を覗かれるなんて、最悪です」

「だから謝っているだろう。貴之さんと話を共有したかったんだ」

「貴之も！　余計なことは先生に話すな」

砕角はげんこつを振るうマネをした。

「わかったよ、兄さん。悪かった」

貴之は顔の前で両手を合わせ、すまなそうに頭を下げた。

「それで先生、あとどのくらい引き留めれば帰していただけるんでしょうか」

小諸が担当医に尋ねた。

「主要な感染源が潜伏期間を終えるまでだ」

「もうすでに発症し終わっているではありませんか。彼の抵抗力が打ち勝ったと先生も認めましたよね」

「それもそうか。ではあと二、三日は待とう。それで発症しなければ帰っていい」

「こんなに元気なのに拘束されて可哀想に」

小諸が砕角を哀れむように言った。

「拘束だなんて人聞きの悪い」

「この病室から出してもらえないのだから拘束でしょう」

「だがおまえが私の指示を無視して外出しまくってたのは、ばれてるからな。警察から電話があった。何やら事件に首を突っ込んだらしいじゃないか」

急に小諸の顔がこわばった。

「そ、それは反省しています。すみませんでした」

「反省しているなら、今は私の言うことを聞いて引き下がるんだな」

「はい、わかりました」

小諸はふてくされたような態度で仕方なく承諾した。

「じゃあ今夜はもう遅いから、貴之さんは今夜もうちへ泊まって、明日一人で熊野へ帰ってください。どこかの変人と違って、貴之さんは電車に乗れるから安心です」

「さらっと嫌みを言わないでください」

砕角が小諸を睨んだ。

二日後、小諸は総合病院内科の診察室にいた。年配の男性患者を椅子に座らせ、小諸は患者に背を向けて机に向かい、何か書き物をしていた。

「狭心症ですか」

小諸がぽつりと言った。男性患者は目を丸く見開き、口をポカンと開けて驚く。

小諸はそこで初めて振り返り、患者を見た。

「な、なぜそれを……。問診票にも糖尿病としか書かなかったのに」

「ご家族にもかかりつけ医にも内緒でここへ来ましたね。後ろめたさが見え見えです」

患者はなおもあんぐりと口を開けたまま返す言葉が無かった。

小諸は患者の服もめくらず、聴診器は肩にかけたままで、右手の二本指だけで患者の胸に手を当てた。そして固く目を閉じ、眉間に皺を寄せた。

「狭まっている血管はここか。少し拡張しておきましょう。少しだけですよ」

「せ、先生は何者なんです。なぜそんなことが……」

「見てのとおり、内科の研修医です」

小諸は目を開けて指を離し、自分の胸の名札を見せた。

「研修医だなんて、信じられません。しかもなぜ少しだけ広げるなんて中途半端なことを……、治せるならきちんと治してください」

「完全に治したらかかりつけ医に不思議がられるでしょう。それに私が治したなんて知られたら、かかりつけ医の面子《メンツ》丸つぶれです。医者同士にもしがらみがあるんです。あなたの当初の思惑通り、ここへ来たことはなかったことにしてください」

それを聞いて患者は大きく首を横に振った。

「いやです。またここへ来て先生に完全に治していただきます」

それを聞いて小諸も首を横に振った。

「だめです。もう二度とあなたの診察はしません。来ても断るように病院の皆に伝えておきます。元通りかかりつけ医に通ってください。以上。さあ、この書類を持って受付へお出しください」

患者は納得できない顔をしたまま、仕方なく書類を受け取って診察室を出た。

「看護師さん、次の患者さんを」

小諸がそう言うと、看護師だけが診察室に現れた。

「先生に内線でお電話が入っています。救急病棟からです」

小諸は受話器を取り、光っている9番のボタンを押した。

「小諸です」

『先生、大変です。西田様がまた発症されました』

「なんだって？　どういうことだ。呪詛は解けたはず」

小諸は叩き付けるように受話器を置いた。

「私の診察はしばらく休止だ。他の医師たちに振り分けてくれ」

小諸は看護師にそう伝え、救急病棟へ急いだ。


病室では、また同じ担当医が、マスクとゴム手袋をはめて砕角を診ていた。

「小諸か。やはり退院させなかったのは正解だった。帰さなくて本当に良かった」

砕角は前回と同様、全身に発疹があり、高熱にうなされている様子だった。

「なぜだ。どういうことだ」

そしてふと、気配を感じて小諸は頭上を見た。そこには、鮮やかな緑色の大蛇がとぐろを巻き、宙に浮いていた。

「これは……、彼女じゃない。ダンバラー本体だ！」

小諸は周囲も気にせず思わず叫んだ。

「何をわけのわからないことを言っている。今度こそ病原体を突き止めるぞ」

「こんなに長いこと検査を続けているのに、病原体が特定できないなんて不思議ではありませんか？」

「今、アメリカの検査機関に検体を送って精密検査を依頼している。日本では未確認の病原体だと思う。それに一旦回復したように見えて、症状がぶり返す症例もたくさんある」

小諸は思わず病室を出て走り出した。他の医師や看護師に聞かれないよう、待合スペースにある公衆電話へ向かう。

小諸はまず、１０４に電話をかけ、ハイチ大使館の電話番号を聞き出すと、すぐさまハイチ大使館へ電話をかけた。

「ムッシュデュボア？　この間お邪魔しました小諸と申します」

『おー、ムッシュ小諸、お元気でしたか？』

電話の相手は、先日対応してくれた小太りの書記官だった。

「彼女は、彼女は今どこに？」

小諸は挨拶も忘れて慌てて訊く。

『ああ、あのハイチ人女性ね。一通り警察に事情を話したあと、無事ハイチへ飛び立ちました。高木の裁判が始まったら、また証言しに来日します』

「どういうことだ。彼女がいないのにダンバラーだけがいる。ダンバラーはなぜ彼女から離れたんだ」

小諸は一瞬電話の相手のことを忘れてうわごとのように言った。

『なんですって？　おっしゃっている意味がよくわかりません』

「いえ、こちらの話です。彼女が心配だったもので」

小諸は慌てて取り繕った。

『ご心配なく。今さっき、ハイチへの到着も確認しましたよ。トランジットでだいぶ時間はかかったようですが』

「どうもありがとう。あの理事官の方にも感謝しているとお伝えください」

小諸はそう言って電話を切った。

「わけがわからないのはこの私だ。熊野の神様はどうしていらっしゃるんだ」

小諸は置いた受話器からしばらく手を離さずにふさぎ込んだ。

『先生、砕角です』

小諸の頭の中に、砕角の声が聞こえた。位置的に肉声でないことは明らかだ。

『先生、ここでは病院スタッフに話を聞かれてしまうので念で話します』

「砕角！　一体どうなってる。ダンバラーを宿していた女性は、もうハイチへ帰ってしまったぞ」

『端的に言えば、ダンバラーは私に乗り換えようとしているんです。彼女から私へ。私のほうが強い能力者だからです』

「そんなこと、熊野の神様が許すはずがない」

小諸はまたも周囲を忘れて声に出していた。

『熊野の神様の力を弱めるために、憑かっている私をまずは弱らせようと発症させたんです。私が弱れば弱るほど、熊野の神様も力を失っていきます。かと言って熊野の神様が私から離れれば、それこそ相手の思うツボです。簡単に私の肉体は乗っ取られてしまいます。今回は神籬《ひもろぎ》である女性がかけた呪詛ではなく、ダンバラー本体がかけた呪詛です。格が違います』

「なんということだ。ダンバラーの真の目的は、より強い能力者を手に入れることだったのか。ならば私を狙えばいい。なぜ砕角なんだ」

『私のせいです。同じ過ちを繰り返してしまいました。前回は光留さんを守るため、今回は貴之を守るために集中しすぎてしまいました。自分の守りが甘くなっていたんです。そうでなければ私だってダンバラーを寄せ付けたりしませんでした』

「わかった。とりあえず私は瓊瓊杵尊様によく相談してみる」

『ご迷惑ばかりおかけして申し訳ありません』

「砕角は心配せずに体力を温存することに集中してくれ。そのために病院にいるようなものだから。忘れるな、おまえの師匠はこの私だ。私を甘く見たことをダンバラーに後悔させせてやる」

『先生、憎悪はだめです。お忘れですか。負の念は神様を遠ざけてしまいます。先生から教わったことです』

「そうだった。そんな基本中の基本も忘れるほど頭に血が昇ってしまった。ありがとう、砕角。とにかくダンバラーの好きなようにはさせない」

小諸は周辺を見渡し、一人になれる場所を探した。誰にも邪魔されずに祈ることに集中したかったからだ。

そして、病院の裏手にある空き地を見つけた。トイレの個室などではノックされてしまうことが予想されたからだ。この空き地は、たまにサボり目的でタバコを吸いに来る医師や看護師が利用する程度だ。

小諸は空き地で、建物の壁に向かって立ち、両手を胸の前で組んで固く目を閉じた。すると小諸の頭の中に、瓊瓊杵尊の姿が現れた。

「瓊瓊杵尊様、私は一体どうすれば？」

小諸は万策尽き果てたように落ち込んだ様子で尋ねた。

『おまえが分魂ではなく、箱根神社まで来て我本体を宿せば戦う方法もなくはない。だが、そのような時間的余裕はなかろう。ダンバラーは地元の呪術師たちに純粋培養された力を持っている。呪詛など神の仕事ではないが、その常識がハイチでは通用しないのだ。むしろ地元の呪術師たちが作り上げた産物と言えよう。ダンバラーの力は神力とは呼べない、我々とは相容れない存在なのだ』

「だからと言って、このまま砕角がダンバラーに乗っ取られてしまうのを黙って見過ごすわけにはいきません。あ、そうだ。蛇には蛇をと素戔嗚尊様がおっしゃっていました。日本の蛇神様たちを使うというのは？」

『素戔嗚尊様は今弱っていて蛇神は使えない。立て続けに砕角が攻撃されたせいだ。砕角を守ることだけに集中しておられる。我の眷属に蛇神はいない。おまえが与えられた蛇神も、もう弾切れだ。蛇神を使えるとしたら、出雲の神に頼むと良い。眷属に蛇神がいる』

「出雲の神様には何回か参拝し、ご縁が結ばれています。こちらからお願いしてみます」

小諸がそう言うと、瓊瓊杵尊はすーっと姿を消した。

小諸は両手をほどいて一度手をぶらぶらとさせ、一呼吸置いてからまた両手を組み、固く目を閉じた。

「出雲の大神様、出雲の大神様、大国主命《おおくにぬしのみこと》様、大国主命様」

小諸は全神経を集中させて出雲の神に呼びかける。

しばらくして、小諸の頭の中に大国主命が姿を現した。

素戔嗚尊に姿が似ている。

『我と素戔嗚尊様には並々ならぬ縁がある。すべて事情は知っておる。だが相手は異国の神、しかも神籬ではなく本体だ。我の眷属では役には立つまい。残念だが今回は我では助けになれぬ』

「それでもお願いです。ほんの目くらましでもいいんです。蛇神様を派遣してください。砕角の肉体に蛇神様を送り込めば、少しは助けになるはずです。ダンバラーの使役動物も蛇です。使役動物だけでも止めたいのです」

小諸は必死で懇願した。

『よかろう。だが本気でダンバラーを倒したいならば別の方法を考えるのだ。必ず道はある』

「わかりました。ありがとうございました」

小諸がそう言うと、大国主命はすーっと姿を消した。

その途端に、たくさんの金色の蛇神たちが押し寄せて小諸の体内へ入った。

「とりあえずは、この蛇神様たちに頑張ってもらおう」

小諸は急いで救急病棟へ駆けつけた。病室に入ると、担当医の姿は無く、看護師も小諸とすれ違って病室を出たところだ。

「今がチャンスだ」

小諸は天井付近にいるダンバラーを睨み付けた。するとダンバラーは小さな緑色の蛇を次々と小諸にぶつけ始めた。小諸は右手をダンバラーに向け、大国主命から授かった金色の蛇神を出して対抗する。眷属同士の戦いでは、圧倒的に金蛇のほうが強く、瞬く間に緑色の蛇を呑み込んだ。

そして小諸は今度は砕角に向け、蛇神を放った。蛇神たちは次々と砕角の体内へ吸い込まれていく。それとともに、発熱で真っ赤だった砕角の顔色が元に戻っていった。

「熱を下げることには成功したらしいな。だが問題は本体だ。まだ何も解決していない。さてどうしたものか」

小諸はダンバラーを睨み付けたまま、何もできずにいた。

その時だった。なんとダンバラーの目の前に、宙に浮いた光留が姿を現した。

「光留！　まさか光留なのか？」

光留は真っ白な着物に真っ赤な袴、まさに巫女の姿で現れた。

『我は日の本の国体を守る神。異国の邪神など我が許さぬ』

それは明らかに光留の声ではなく、落ち着いた年配女性の声だった。

「ま、まさか、天照大御神様？」

ダンバラーはとぐろを解いて鋭い牙を剥きだしにして光留に襲いかかる。

その瞬間、光留は小諸でさえ目を開けていられないほどの強い光を放った。その光で、ダンバラーははね飛ばされて壁に激突し、床に落ちた。

『小諸よ、今ならダンバラーを封じ込められる。お得意の黒い玉に封ずるのだ』

小諸は戸惑いながらも、魔物を封じ込める要領で右手をダンバラーへ向けて差し出した。

するとダンバラーは吸い込まれるように小諸の手中に収まり、黒い玉となった。玉は黒ではあったが、全体が緑がかっていた。そして魔物と違うのは、玉が熱を帯びていたことだ。小諸は熱くて手に持っていられず、すぐにポケットへしまった。

「あ、あなたは天照大御神様ですか？」

光留の姿はまだ光っており、小諸は手で目を覆いながら恐る恐る尋ねた。

『そうだ。光留のたっての願いで我は来た。光留はいつも小諸と砕角の身を案じている。光留に分魂を宿すにはまだまだ早い。清めるのに我も苦心した』

「ありがとうございました。光留は今、あなたとともにいるのですか？」

『そうだ。光留の意識が我をここへ導いたのだ』

「まだ伊勢に入って間もないのに、天照大御神様を導けるなんて、やはり光留には素質があるのですね」

『その通りだ。まだまだ未熟ではあるが、いずれ我の分魂を肉体に宿すことになろう』

「光留は砕角のピンチを見抜いていたわけですか」

『そうだ。我にはあずかり知らぬ事柄であった。光留がいなければ砕角は、邪宗の神に成り下がっていたであろう』

「命の恩人です」

『それは光留も同じこと。そなたらに命を救われた経験がある』

「では、砕角が回復したら、私と砕角とで伊勢へ参ります。天照大御神様と光留にお礼を」

『それが良い。光留は喜ぶことだろう。我もそなたらを歓迎する。今回のことで、そなたらはだいぶ穢された。清め払いに来るがいい。素戔嗚尊と瓊瓊杵尊にも我が復活の力を授ける』

「ありがとうございます」

小諸は深々と頭を下げた。そして光留の姿は消えた。

「今、光留さんがいませんでした？」

砕角がぱっと目を開いて言った。

「光留とともに、天照大御神様がいらっしゃったのだ。私にダンバラーを封じ込める力を与えてくださった」

小諸の顔から喜びが溢れ出ていた。

「そうでしたか。私の体がだいぶ軽くなりました。今度こそ退院します」

「回復したら、伊勢にお参りすることを約束した。二人で行こう」

「ありがたいことです。ぜひお供します」

七

三日後の朝、病室で担当医がいかにも不機嫌そうに、検査結果が書かれた紙を小諸に見せた。

どの項目もすべて陰性であり、アメリカの専門機関でも細菌やウイルスは発見されなかったのだ。

「これでは退院の許可を出さざるを得ないな。おまえの勝ちだ」

「別に先生と勝ち負けを競ったつもりはありません。さいか……西田が病気に打ち勝ったたけのことです」

「原因がまったく突き止められないなど、医者にとっては屈辱だ。敗北と言ってもいい」

「そんなことはありません。先生が最善の治療をしてくださったおかげで今、西田は元気になりました。体力は相当落ちてはいますが。寝たきりだったので仕方ありません」

「ずっと気になっていたんだが、西田さんはおまえよりかなり年上だろう。それなのにその口のきき方は随分と偉そうだな。どういう友達なんだ」

担当医にそう尋ねられ、小諸は戸惑った。

小諸のピンチと見るや否や、砕角は咄嗟に機転を利かし、

「私が以前に小諸先生にずいぶんとお世話になったからです」

と、助け舟をだした。

碎角はもう病衣から山伏姿へと着替え始めている。

「おまえには今、伊勢まで歩く体力はない。今回だけは私に従って電車に乗るんだ。わかったな」

小諸は有無を言わさぬ鋭い顔で言った。

「わかっています。自分の体力は自分が一番よくわかっています」

碎角は承諾はしたが、また仏頂面だ。本当は乗りたくない気持ちが丸見えだった。


その日の午後、二人は中央本線と近鉄線を乗り継いで伊勢市駅へ降り立った。

「前回はあちらの都合で宇治山田駅だったが、外宮へ歩くなら伊勢市駅のほうが近いんだ。近鉄線とＪＲ線が乗り入れている接続駅だ。ＪＲ側の出口から出ると近い。これくらいの距離だったら今の碎角でも歩けるだろう」

日差しが暖かく、心地よい参拝日和だった。碎角は大きなボストンバッグを持っている。入院中の下着や日用品などの荷物をそのまま持って来たからだ。

「伊勢の神様の神気を感じる。歓迎してくださっているんだ」

小諸は神気を逃さぬよう、両手を広げ、大きく息を吸い込んだ。

「本当ですね。でも私たちより、私たちに憑かってくださっている神様方が喜んでおられるようです」

　砕角も小諸のマネをして大きく深呼吸をして言った。

「だいぶ神力を消耗したからな。ここで回復させていただこう」

　二人はそこから歩いて行ける外宮へ向かった。

　外宮で一通りの作法を終え、拝殿に参拝する。

「今回は天照大御神様に大変お世話になりました。助けていただいたこと、心より御礼申し上げます」

　小諸は拝殿に向かい、声に出して言った。参拝者は多かったが、体裁を取り繕わなかった。

『今回ばかりは、天照大御神様でなければ救えなかった。ここではなく、内宮で感謝の祈りを捧げるが良い。二人の守護神もだいぶ疲弊しているようだ。天照大御神様にしか、回復させることは叶わぬ』

　拝殿は光り輝いていたが、豊受大神は姿を見せなかった。

「いいえ、察するに、豊受大神様が取り次いでくださったのでしょう。おそらく光留は最初、豊受大神様を頼ったのだと思います。光留はまだ内宮での仕事はできませんから。それに、内宮では願いごとをするなと早川さんにきつく言われていました」

『さすがに勘がいいな。確かに我が取り次いだ。光留の二人を思う情熱にほだされたのが正直なところだ』

「ありがとうございました。これから内宮へ向かい、感謝の祈りを捧げます」

小諸がそう言うと、二人揃って丁寧に頭を下げた。

そして参道を歩いて鳥居をくぐった所に、白い作務衣姿の光留が見えた。

「小諸さーん！　砕角さーん！」

光留は持っていた竹箒を放り投げ、ダッシュで小諸たちに近づいてきた。

「光留、元気だったか」

「元気も元気、ご神気で体力マシマシよ」

光留は満面の笑みで、両手で力こぶを作るポーズをとった。

「光留、今回は私たちを助けてくれてありがとう。君のおかげで助かったよ」

光留はそれを聞き、笑顔から急に真面目な顔に変わった。

「ああ、そのこと。正直言って、私は記憶が曖昧なんだ。まだ許されていない巫女衣装を着ていたことと、病室で寝ている砕角さんを見たことくらいしか覚えていないの」

「だが豊受大神様に私たちを助けてくださるよう祈ってくれたんだろう」

「二人がピンチなのは知ってた。でもここからでは私には何もできない。だから神様におすがりするしか方法がなかったの」

「そのおかげで私たちは今、ここにいられる。光留のおかげだよ」

小諸は珍しく、やり慣れていない握手を光留に求めた。

「えへへ、そう言われると悪い気はしないな」

光留は照れながらも素直に握手に応じた。そして砕角とも握手を交わした。

「修行は進んでいるのか？」

「まだ鳥居の外だけだけど、宿舎から外宮へのお許しは出た。でも聞いて、お母さんったらまだ宿舎の掃除しか許されてないの。才能ないのかな」

「お母さんが普通なんだよ。君が特別なんだ」

「そっかぁ、嬉しいな」

「言葉遣いは相変わらずなんだな。そこも徐々に直していけばいい。そういえば、看護学校にはもう行っているのか？」

「通ってるよ。ここから意外と近い場所にあるんだ。もし器具があったら二人に採血の練習させてもらうのにな」

光留は小諸の肘を持とうとし、小諸は即座に手を引いた。

「考えただけでもゾッとする。まだ採血の仕方なんて習ってないだろう。今はまだ『ナイチンゲール誓詞』が関の山だ」

小諸は肘を曲げ、両手を交差させて自分の上腕をさすった。

「ばれたか。これから内宮へ行くんでしょ。早川さんに頼んであげようか。ここから内宮へは歩いては行けないよ。私から見ても、砕角さんの体力が弱ってるのはわかるから」

「ありがとう。助かるよ」

光留は胸にさげていたPHSから電話をかけた。

「早川さん、今ひま?」

「こら光留！　早川さんに失礼だろう」

小諸は拳を振り上げるポーズをする。

「今の聞こえた？　そうだよ。小諸さんともう一人、砕角さんっていう人が外宮の鳥居前にいるの。内宮まで車で送ってくんない？」

光留は偉そうに片手を腰に当てて話している。

「『くんない』じゃないだろう。こりゃだめだな」

小諸があきれ顔で言った。

「来てくれるって。喜んでたよ」

「言葉遣いは教わらないのか」

「小諸さんたちなら念で通じるけど、早川さんには念は通じないの。不便でしょう？」

光留はわざと視線を外し、話題をそらした。

「そうか、念で会話する癖がいけなかったのか。だが、念と言葉とを使い分けるほうが難しそうだが」

ほんの十分ほどで、黒塗りの見覚えのある車がやってきた。早川は前回と同じ格好で、満面の笑みを見せながら車を降りてきた。

「小諸先生、またお会いできて光栄です」

早川は憧れの人にでも会ったかのように目を輝かせている。

「急に呼び出して悪かったな。仕事中だったんだろう」

「私のする仕事なんて、代わりがいくらでもいますから。そちらの方は初めてお会いしますね。お荷物お持ちしましょう」

早川は半ば強引に砕角からボストンバッグを奪い取った。

「私の弟子で、修験道の行者をしている砕角だ」

「はじめまして、砕角です。お世話になります」

砕角と早川は軽く握手をした。

「小諸先生のお弟子さんということは、やはり能力者の方で？」

早川は羨ましそうに砕角を見て言った。

「そうだ。私と同じく神様と対話できる」

「光留さんもそうですが、やはり能力者同士は引かれ合う運命なんですね」

「神様のお引き合わせだ。私たちの意志とは関係なく」

「私も弟子入りすれば能力者になれるのでしょうか」

「君は今の仕事を続けたほうがいい。伊勢神宮と縁が結ばれていること自体がすごいことなんだよ」

「私はたまたま大学の神道学科に入っただけです。本当にご縁が結ばれているのか、時々不安になります」

早川は視線を下げ、肩を落としている。

「もしどうしても気になるなら、一度遊びにおいで。うちはいつでも歓迎だから。こうしてお世話になったことだし」

「本当ですか？　本当に伺いますよ。社交辞令ではなくて」

早川はまた顔を上げ、目を輝かせた。

「もちろんだよ。大抵は勤務先にいるから、ここへ電話をして」

小諸は自分の勤める病院名の書かれている名刺を早川に渡した。

「ありがとうございます。まとまった休みが取れたら必ずご連絡します」

「自宅は元医院だからね。二十床ほどのベッドも空いている」

「嬉しいな。この名刺は宝物にします」

早川は両手で名刺を持ち、拝むようなマネをした。

「大袈裟だな。宝物は言い過ぎだ。人に配るほどある」

「名刺ってどれもそういうもんだよ。配るためにあるんでしょ」

光留が口を挟んだ。

「ねえ早川さん、私も一緒に内宮行っちゃだめかな」

「それは私が許可できる問題ではありません。きちんと上役に承諾を得てからにしてください」

早川は人差し指で上を指して言った。

「なんだぁ、つまんないの。訊いたら絶対だめって言われるに決まってる」

光留はあからさまにがっかりした様子で言った。

「早川さん、その上役とやらに言ってください。この子の言葉遣いを正すように」

小諸は光留を睨み付けるような顔になった。

「光留さんは上役に対しては正しい言葉遣いですよ。小諸先生に甘えているだけではないですか?」

「そうなのか、光留」

「だって怖いんだもん。私だって気をつければ簡単に直せるよ」

光留はふくれっ面でそっぽを向いた。

「早川さんにも甘えているようだ。早川さんは神職の先輩だし、だいいち年上だぞ」

「私は甘えられているんじゃなくて、ナメられているんです。叱らないから」

早川は眉尻を下げ、困り顔をしている。

「念で会話できるようになったら、考え直してもいいよ」

「なら一生無理ですね。さあ内宮へ向かいましょう。遅くならないうちに」

早川は光留を避けるように、もうすでに体は車のほうを向いていた。

「じゃあ私はここでバイバイだね。また来てね、二人とも」

光留は笑顔に戻って言った。

「ああ、今回は光留に世話になったから、必ず会いに来るよ」

光留は体全体を使って大きく手を振った。小諸たちは車へ乗り込んだ。

「光留さんに世話になったって、どういうことですか?」

早川は興味津々のようだ。

「説明すると長くなる。今度うちへ遊びに来た時にでも、ゆっくり話してあげるよ」

三人を乗せた車が内宮の駐車場へ着いた。

三人はまたお決まりの作法を一通り終えて参道へ入る。

「さすが伊勢神宮の内宮ですね。体の内側からふつふつと体力が漲《みなぎ》ってくる感じがします」

砕角は体全体で身震いをした。

「私たちの守護神様たちがどんどん復活されつつある。強力なエネルギーを感じる」

小諸はきりっと顔を引き締めて言った。

「参道からこうですからね、御垣内に入ったらもっとでしょう」

三人は長い参道の玉砂利を踏み鳴らしながら歩き、御垣内に入った。

その途端に拝殿の奥が光り始めた。まだ二拝二拍手もしていなかった。

「お出ましになられた」

小諸が眩しそうに目を細める。

『約束通り来たな。ご苦労であった』

天照大御神は、二人には姿を見せず、二人の頭の中へ直接語りかけた。

「このたびは私どもをお助けくださり、心より御礼申し上げます」

小諸がそう言い、砕角と二人で深く頭を下げる。早川には何が何だかわからぬままだが、真似をして頭を下げた。

『まずはそなたらの守護神たちを癒やそう』

拝殿からのその念で、小諸たちの背後も光り始めた。

『我が愛しき弟、素戔嗚尊。そして我の可愛い孫、瓊瓊杵尊よ。我が力を受け取るが良い』

「せ、背中が熱いです」

「私もだ。今は辛抱しよう」

二人はひそひそ声で言い合った。

『二神は完全に復活した。次はそなたたちだ』

まるでスポットライトのように、拝殿から二人に強烈な光が照射される。

「こ、今度は自分の脳天が熱いです」

砕角は身もだえした。

「エネルギーをいただいているんだ。それに、穢れが脱皮するように剥がれていく。天照大御神様にしかできないことだ」

『特に砕角』

「は、はい」

砕角はいきなり名前を呼ばれてドキッとした。

『そなたは邪宗の神にかなり穢されておる。念入りに払おう』

「ありがとうございます」

砕角は天照大御神の念を受け、頭を上げそうになって慌てて下げ直した。

『どうだ。体力も戻ってはこぬか』

「戻ってきているのを感じています。とても心地よいです」

そして三人が頭を下げたまま、しばらくの沈黙があった。それをチャンスと思ったのか、早川が急に口を開いた。

「天照大御神様。このお二人と私に強いご縁を結んでください」

早川の決死の覚悟だった。内宮で願いごとをするなと言った張本人だからだ。

『小諸よ、早川に言ってやると良い。おまえにはまだ早いと。もっとここで修行に励むよう伝えてやるのだ』

「早川さん、あとでお伝えします」

小諸はひそひそ声で早川に言った。

そして光が止み、静寂とともに三人は頭を上げた。

御垣内を出たところで、早川は小諸からの言葉を待った。

「天照大御神様は何とおっしゃられたのですか？」

早川はそわそわしながら答えが待ちきれない様子だ。

「早川さんは、ここでもっと修行に励めとのことだ」

早川はわかりやすくがっかりした。

「そう気を落とすな。こうしてご縁ならちゃんと結ばれたじゃないか。天照大御神様からお許しが出たら、弟子にでも何でもしてやるから。それまで頑張れ」

小諸からの精一杯の慰めだった。小諸の柄ではなく、少し照れたような言い方だ。

「わかりました」

早川はそうは言ったが、声が沈んでいた。

長い参道を歩いている間も、小諸と砕角はすっきり晴れやかな気持ちでいっぱいだったが、早川だけは下を向いたまま無言だった。

「せっかくこれほど穢れが取れて元気になったのに、君が台無しにしているぞ」

小諸が早川の肩をポンと叩く。

「そのどんよりとした気を出すのをやめていただけませんか」

珍しく砕角が追い打ちをかける。

「は、はい。私がご迷惑をかけては申し訳ありません。気を取り直します」

早川は自分の顔を両手で叩き、しゃきっと顔を上げた。

「よし、それでいいんだ」


そして三人はまた車へと戻ってきた。

「本当はお二人をお宅までお送りしたいのですが、そうも参りません。駅までお送りします」

早川はそうは言ったが、心の中は二人と離れたくない思いでいっぱいだった。

「十分ありがたいよ。早川さん、ありがとう。光留がまたいろいろとご迷惑をおかけすると思いますが、それも修行だと思ってよろしくお願いします」

車は宇治山田駅に行き、そこで小諸と砕角は早川と別れた。

「砕角、これからどうするね。熊野に帰るんだったら山梨へ来る必要はないぞ。ここからのほうが断然近いからな」

「ここから熊野へ歩きます。そのために体力をいただいたのですから」

「じゃあ、近いうちまた会おう。貴之さんによろしく」

「はい、伝えます。失礼します」

碎角は一人、駅から離れて歩き出した。小諸は碎角が見えなくなるまで見送り、駅構内へ入った。もう夕暮れがせまっていた。

この先、近い将来、杜野光留は小諸から「美雷《みらい》」という法名を授かり、小諸の弟子となる。

あとがき

欧米の学校では、就学時、入学時に、歴史や生物の授業を「進化論」で学ぶか、「創造論」で学ぶか、選択させられることがあるらしい。ここでいう「創造論」とは、もちろん『聖書』による「創造論」のことである。

結論から先に言おう。私はどちらも信じない。何を信じているかといえば、『聖書』に依らない「創造論」である。

まず「進化論」であるが、証拠と呼ばれた化石が次々と否定されつつあるのが現在である。

特に「人類」。ミッシングリンクと呼ばれる中間層の化石がまったく発見されていない。有力とされた「アウストラロピテクス」は猿の一種であり、人類の祖先などではないことが証明されている。ネアンデルタール人は人類の一種ではあるが、我々ホモ・サピエンスとは別種の人類であり、これもまたご先祖様ではない。ジャワ原人や北京原人も同様である。我々現生人類は、神によって突然造られたのである。後述するが、『聖書』でいう神ではない。

ここで、興味深いのでネアンデルタール人について少し掘り下げておくと、ネアンデルタール人は我々ホモ・サピエンスと共生していた時代があった可能性がある。特筆すべきは、その体格差である。ネアンデルタール人は筋肉隆々の屈強な身体で、ホモ・サピエンスより圧倒的に強かった。故にケナガマンモス等の大型動物を捕獲することができた。それに比べ、我々のご先祖様は華奢で、か弱い人類だった。生存競争にどちらが有利だったのか、一目瞭然である。なのになぜ神はホモ・サピエンスのほうを生き残らせたのか。それはホモサピエンスの知恵と創意工夫の努力の賜物であった。小さくか弱い分、ホモ・サピエンスはその弱さ故に道具を進化させてきた。時代が下るにつれ、磨製石器などの道具がどんどん進化していることが見てとれるという。ネアンデルタール人には道具の進化は見られなかった。それが、神がホモ・サピエンスを選んだ理由であろう。ちなみに、世界最古の磨製石器は日本で見つかっている。

よく「進化論」のモデルとされている馬の化石は、実は違う場所、違う地層から集められた化石を小さい順に並べただけなのである。

さらに奇異なのが「昆虫」である。世界最古の化石は「トビムシ」という昆虫であるが、これから蝶や蟻、蜂といった別の昆虫に進化する過程の化石がまったく見つかっていない。しかも「トビムシ」は今も最古の化石と寸分違《たが》わぬ姿で生きている。

「始祖鳥」も、鳥の先祖と言われていたが、実は「始祖鳥」より古い地層からもっと現在の鳥により近い化石が見つかっている。

以上のことなどから、私は進化論否定論者である。

ならば『聖書』による「創造論」はどうか。

私はごく一部を除き、『聖書』を信じていない。

『聖書』の中で特に有名な記述が「ノアの方舟」ではなかろうか。内容は皆様ご存じであると思うので割愛させていただくが、実はこの記述、『旧約聖書』よりも二千年も前にメソポタミアで書かれた『ギルガメッシュ叙事詩』にそっくりな記述がある。

神によって選ばれた人が、神より大洪水の預言を受け、方舟の造り方を教わる。そこに親しい人たちと動物たちを乗せるようにと啓示がある。その後実際に大洪水がおこり、選ばれた人間たちと動物たちだけが難を逃れたという記述である。恐らく『聖書』はこの記述を元に、ディテールを脚色して載せたのだと思う。恐竜まで乗せたというトンデモ説にはあえて触れない。

ただ大洪水自体は、日本で偽書とされている「竹内文書」や、ギリシャ神話、アステカ文明、ウイチョル族、マサイ族などに伝承として語り継がれていることから、実際に起こったことなのだろう。地質学的にも、古代シュメールの都市「ウル」の地下約十二メートルの地層に、洪水沖積層が見つかっている。紀元前三千六百年から三千五百年頃と推定されている。全世界規模で同時に起こったかどうかは甚だ疑問ではあるが、世界各地で、局地的大洪水が起こったこと自体は真実であろう。

そしてもう一つ、私が『聖書』を信じない決定的な記述が「イエスキリスト」の登場である。恐らくイエスキリストは実在した人物なのだろう。人々の病を治したりする神人であったことは私も認める。だがどうしても解せない記述がある。

イエスキリストは「人々の罪を被るために自ら十字架に架かって死んでくださった」という内容の記述である。ここでいう「罪」とは、誰の何の罪なのか。例えば百人殺した殺人犯の罪も被ってくださったのか。それでその凶悪犯の罪は消えてしまったというのか。荒唐無稽も甚だしい。せっかく授かった能力を生かし、生きてもっと多くの人を救うべきだったのではないのか。

しかも三日目に復活したというが、弟子たちに会ったあと天へ帰ってしまう。何のために復活したのか。人々を救うためではなかったのか。まるで「俺、こんなこともできちゃうんだぜ」と自慢しに復活したように思えてしまう。

それともう一つ、「人間は生まれながらにして罪人である」という記述。オギャーと生まれたばかりの赤ん坊に何の罪があるというのか。

私は輪廻転生を信じているので、赤ん坊は「罪」ではなく、前世からの「業」と「徳分」を背負って生まれてくるのである。前世で犯した悪行が「業」、善行が「徳分」である。ただ善行といっても、それはただ「行為」をさして言っているのではない。「正しいと言われているから」とか「常識だから」で行った行為は徳分にはならない。本当に相手を思いやり、愛情を持って行った行為のみが「徳分」となる。

そもそも「業」と「徳分」の関係がないならば、現世に生きる我々の幸運、不運の説明がつかない。何の根拠もなしに運が決まるなどあり得ない。

さて、『聖書』に戻ろう。あくまで持論だが、『聖書』でいう神は、ヤーヴェ（ヤハウエ）という、世界中にいらっしゃる神々の一柱であり、本物の創造主ではない。本物の創造主はもっと高次元に別にいらっしゃると信じている。

『聖書』は預言書だなどというが、あくまでイスラエルを中心に中東地域と一部ロシアしか描かれていない。現在世界にこれほどの影響力を持っている大国、アメリカや中国、ましてや日本のことなど全く触れてもいない。『聖書』を信じるのは勝手だが、我々地域の住民には縁のないことである。勝手にやっていただきたい。我々に押しつけるのはやめていただきたい。

最後に、失われたイスラエル十支族がシルクロードを通って東へ東へと進み、キリスト教を布教しながら仏教や日本の神道にまで影響を与えたなどというトンデモ説には断固として反対する。その論者は、恐らく古代より受け継がれてきた神道の本物の祭祀、祭礼、様々な儀式の意味をご存じないのだと思う。すべてに意味があり、厳格な作法がある。聖徳太子がキリスト教徒だったなどと言い出す輩までいる。聖徳太子は正式な皇位継承者である。神道を受け継いでいないのはどう考えてもおかしい。日本の神道が本当にキリスト教起源であるならば、今現在、日本各地の名だたる神社に実在している神々様をどう説明するのか。実在する神々様を実際に体感、体得したことのない可哀想な人だなと私は思う。

令和二年七月

蔵岩　民地

本作品はフィクションであり、登場する実在の団体・組織とは一切関係がないことを明記します。

著者プロフィール

蔵岩 民地（くらいわ みんち）

1965年生まれ。東京都立川市出身。
東京都三鷹市在住。
神社マニア。
著書：『堕神』（2018）、『堕神〈鬼神編〉』（2019）ともに文芸社

堕　神〈蛇神編〉

2020年9月15日　初版第1刷発行

著　者　蔵岩 民地
発行者　瓜谷 綱延
発行所　株式会社文芸社
〒160-0022 東京都新宿区新宿1－10－1
電話 03-5369-3060（代表）
03-5369-2299（販売）

印刷所　株式会社暁印刷

ISBN978-4-286-21881-6